游庐山记

吴之育——著
周骁——摄

天津出版传媒集团
天津人民出版社

图书在版编目（CIP）数据

游庐山记 / 吴之育著 ; 周骁摄 . -- 天津 : 天津人民出版社 , 2022. 4
ISBN 978-7-201-18298-8

Ⅰ . ①游… Ⅱ . ①吴… ②周… Ⅲ . ①游记—作品集—中国—当代 Ⅳ . ① I267. 4

中国版本图书馆 CIP 数据核字 (2022) 第 053659 号

游庐山记

YOU LUSHAN JI

出　　版　天津人民出版社
出 版 人　刘　庆
地　　址　天津市和平区西康路 35 号康岳大厦
邮政编码　300051
邮购电话　（022）23332469
电子信箱　reader@tjrmcbs.com

责任编辑　章　赪
封面设计　明翊书业

印　　刷　三河国新印装有限公司
经　　销　新华书店
开　　本　710 毫米 ×1000 毫米　1/16
印　　张　13
字　　数　240 千字
版次印次　2022 年 4 月第 1 版　2022 年 4 月第 1 次印刷
定　　价　78. 00 元

自序

一个承诺四十年来还

我到国内外几个地方旅游，写了一些游记（配有照片）。有部分游记被一网站登载。有读者来电话说，游记写得有意思，特别是看到文章里讲述他也曾经游览过的景点，颇有亲切感；希望接着写，写详细点，多配照片。

“接着写，写详细点。”写哪儿好？知道我去过庐山的同事建议我写庐山游记。

庐山，我是去过，而且是去过两次。第一次是 1982 年。那次，我们在山上待了半个月，比较尽兴，也记录有不少文字，但是大部分文字不适用于游记。照片也拍了不少。那时照相器材落后，拍的照片是黑白的，加之摄影技术又差，几乎没几张照片能用。那时拍摄的有些照片，我自己现在看甚至都看不明白是什么景点了。第二次上庐山是 2005 年，那次我报了旅游团。不巧，连续几天都有雨，时时举着伞参观，照片自然没有拍多少；我从导游那里拷贝了一些照片，要了一些关于庐山的文字资料，都是碎片式的。游览时我只顾观赏，没有刻意收集资料。写游记，缺少资料，怎么下笔?

江西庐山，不是由一两座或几座山峰组成的，而是由90余座山峰（也有说170余座）组成的；千米以上的山峰有多座，最高的是汉阳峰，海拔1474米。整个庐山地区，总面积约300平方公里。庐山景区，一般分为西线、东线，以及不大出名的南线。西线有代表性的景区、景点是锦绣谷、石门涧、东林寺等，东线有代表性的景区、景点是植物园、五老峰、三叠泉等，白鹿洞书院、庐山瀑布（李白瀑布）、康王谷等为南线有代表性的景区、景点。

我在庐山相识的“庐山通”（是旅游部门的老同志，因他对庐山地理、人文了解甚多，我们佩服他，如此称呼他）也动员我写庐山游记。我们在庐山上，曾得到他的帮助。他安排车辆，不辞辛劳地伴我们游览康王谷等景点，还请我们一行人品尝庐山的“石鸡”“石鱼”“石耳”等特产。后来我们才知道，“庐山通”知道我们一行人多是大学的教授、副教授，以为我们能写书，希望我们深入了解庐山的地理和人文，然后写一本介绍庐山的书。我对他说，我们缺少资料，若有资料可以写。他说他可以帮我们找。我以为他只是说说而已。没想到在此后的一段时间里，“庐山通”真的帮我搜集、整理了一些资料，足见他对庐山的热爱。我将手头所有关于庐山的资料放在一起，翻来翻去，总是没有思路，下不了笔，所以写游记一事，并没有什么进展。后来我与“庐山通”只偶有联系。

几年前的一天，我接到一个陌生人打来的电话，对方自称是“庐山通”的熟人，问我庐山游记写得怎样了。我对他说，不打算写了。对方却十分热情地动员我写，并给我发来一些资料（含有一些景点照片）。

“庐山文化景观”举世闻名，被收入世界遗产名录。我觉得应该写一本书出来，宣传庐山，让更多的人来观赏、领悟庐山胜景。这才重新下定决心，写庐山游记。还有个原因是“庐山通”已于几年前离世，而我的承诺却未能完成，每每想起，心中总是遗憾、愧疚……“庐山通”熟人发来的照片数量不足，能当插图用的更少；之前“庐山通”提供的照片，可用的倒多一点，但也远远不足。现在我已高龄，要我再次上山，拍摄各景点的照片，力不从心。

北京明翊影视文化传媒有限公司的周骁总经理得知此事，决定亲自上庐山为本书拍摄素材；2021 年 9 月，拍摄庐山各景点照片逾 4000 幅，并且对文字做了细致的整理、编辑，使《游庐山记》一书得以付梓。《游庐山记》不仅是一本关于庐山的游记，也是一本精美的摄影集。在给“庐山通”承诺的 40 年后，我们终于兑现了承诺。

《游庐山记》成书，与“庐山通”和其熟人的动员、帮助分不开，也得到雷殿福、肖恩芳、董寅初以及休养所、旅游公司同志的帮助，在此向他们致谢！

《游庐山记》是我们于 1982 年、2005 年以及 2021 年三次游览经历的整合，书中一部分历史人文故事是导游或当地人所讲，若有舛误，请读者斧正。

2021 年于北京万寿园

目录

第一章 庐山西线

第二章 庐山东线

第三章 庐山南线

第四章 关于庐山的一些探讨

《登庐山》

毛泽东

一九五九年六月二十九日登庐山，望鄱阳湖，扬子江。千峦竞秀，万壑争流，红日方升，成诗八句。

一山飞峙大江边，跃上葱茏四百旋。
冷眼向洋看世界，热风吹雨洒江天。
云横九派浮黄鹤，浪下三吴起白烟。
陶令不知何处去，桃花源里可耕田？

导语

从九江市到牯岭镇

1982 年夏天，学校有安排教职员工去江西庐山度假的计划。由于正值暑假期间，我报了名。我校一共去了 6 个人，其中有我和政教部历史教研室的负责人肖老师。我早就打算去庐山看看，可总没有机会，这次终于如愿。我精心准备了笔和本子，还带了相机。学校工会派了一位同志担任领队。他热情地说："我们在山上大约待 15 天，虽是炎热的夏天，但山上早晚有些凉，大家不仅要带长袖外衣，最好带件薄毛衣。我带了相机，帮大家拍照；返校后，我会把照片洗出来。"

我们先乘火车从北京到武汉。那时的普通火车还没有空调。列车过了黄河后，车厢里的温度越来越高。在距离武汉还有约半小时车程的地方，车厢里闷热难忍，我浑身大汗，似乎中暑了，整个人仿佛脱水一般。可是车上已没有水喝了。好不容易挨到武汉，坐上去九江的大巴，车里仍然热得很。如今，北京有直达九江的火车，不仅快，还舒适。

九江汽车站距离火车站很近。汽车站每天白天会不间断往庐山牯岭镇始发直达旅游班车，只需十几块钱。班车只有十几个座位，满员便立即发车。游客几乎可以说是随到随走。若游客有特殊需求，也可订旅游大巴。旅游班车到达位于威家镇的庐山山脚下的北大门，游客需要下车购买景区门票，之后重新登车。我之前两次的庐山之行，只需领队一人下车办理手续。

此后，旅游大巴便驶上盘山公路。该公路是庐山最早的公路，于1952年开工建设，经1万多名参建人员，历时10个月的奋战，于1953年8月建成通车。这条路始于庐山北面，所以被称为“山北公路”。山北公路，以九江市威家镇为起点，以庐山山顶牯岭镇为终点，全长24公里，在崇山峻岭之中蜿蜒延伸。1970年10月，庐山第二条公路“山南公路”开工，1971年7月建成通车。

庐山示意图

汽车在山北公路上行驶不多一会儿，天气

庐山北门牌坊

逐渐变得凉爽起来。经过约莫一个小时的蜿蜒“爬行”，我们到达庐山北门。在那儿矗立着一座石牌坊。

过了石牌坊，汽车很快就开到了著名的牯岭镇。我们将要入住的休养所在牯岭镇牯岭街的东边。此时我们已经完全没有在山下时的炎热感了。车开到休养所（有人称招待所）门口的时候，我甚至觉得有些凉，需要穿上外套。

休养所给我们安排了几间不错的卧室，窗明几净，可看书写字，很清静。大家安顿好后，有两个小时的自由活动时间。于是我就去洗澡，洗完后感到有些冷，在衬衫外加件长袖外衣，甚至还穿上风雨衣（我没有带薄毛衣，只带了风雨衣），还是觉得冷，感到不舒服。

休养所派来了保健人员，先测量体温。我的体温接近39℃，舌苔厚，嘴唇干，我发烧了。保健员让我先吃点药，观察一会儿。他看着我桌上的一杯茶，说道：

“先服药，暂时不要喝茶，要多喝热水，早上可以喝一杯淡盐水……”

领队通知我去吃晚饭。晚餐可能有庐山著名的“三石”——石鸡、石鱼、石耳。但我没有胃口，嘴里发苦。工作人员说，像我这样来到山上就感冒的游客，不止一两人。盛夏时节的庐山，山上气温比山下低 6–7℃。据记载：庐山盛夏最高气温只有 32℃，不管多热的天，下一阵雨，气温会骤降 2–3℃。而山下，最高气温能达到 39℃。如果在山下出了一身汗，上山没有及时加衣服，被冷风一吹，铁定感冒。他递给我一本册子，里面详细介绍了庐山的气候。庐山平均温度，春季是 11.5℃，夏季为 22.6℃，秋季则为 17.4℃，冬季常在 1℃左右。山顶因为处于高空地带，加上江湖环绕，湿润气流受到山地阻挡，容易产生降水。所以庐山常年雨量丰沛，年平均有雨日达 168 天，全年平均降雨量达 1917 毫米，全年平均温度只有 11.4℃。

我们到达的第二天上午，大家分别乘坐休养所的两辆小面包车去锦绣谷游览。我已经退烧了，也要去。领队说：“我们要在这里待十四五天，会有好几天的自由活动时间。你改天跟我再去玩，今天先好好休养。”可是伙伴们走后，我在卧室怎么也待不住，休养所的工作人员又各自有工作要做，我想找个说话的人都没有，便到休养院大门外转转。

牯岭镇位于一个海拔 1160 多米的山岗上，在海拔 1310 米的日照峰南面，东边则是海拔 1453 米的大月山，西边有大林山，三面环山，南边临谷。适逢多云或雾大的天气，向南边俯视，会看见云雾在下面飘动。故牯岭镇被誉为“云中山城”。牯岭镇的主要街道是牯岭街。镇政府就在这条街上。

我出了休养所大门，见到有人在马路东头路边的小山岗上写生，便走过去。

写生者从小山岗上往下观摩，应该是要画一幅以牯岭街为中心的水墨画。

我怕影响画者作画，没有说话，直到看见他在画纸上将庐山的“庐”写成“芦”，我有些好奇，想问他为什么将“庐”写成“芦”，可话到嘴边，我又改口说：“我在这里，不影响你作画吧。”

画者打量我一下，说：“不会，我一早就在这里画了，也要歇一歇……”

画者有位朋友在庐山上有住处，他就住在朋友那里。他已经到山上十多天了，本想住几天就回去，可是游览了一些景点后，愈加感到庐山的美，打算再待些日子，多画一些景点……

“你将‘庐’写成‘芦’，是笔误还是有所用意？”我还是开口了。

他笑道：“我对庐山，本来一点知识都没有，只听说庐山很美；游览了几处景点，脑袋里产生了一个问题，这么美的山，为何称‘庐山’，有何用意？我请教了一些人，多数人都不清楚，有人说，前人这么称呼，他们也就跟着叫；有人说清朝末年有位英国传教士李德立发现庐山是避暑胜地，取了个英文名‘清凉世界’，可能翻译成中文，就是‘庐山’。我去传教士们的别墅区参观了，‘清凉世界’之名的确是李德立取的。但我觉得，‘庐山’之名既然是翻译过来的，那么用‘芦山’更合理。牯岭东南边有个芦林湖，非常美。有芦林湖的山，称‘芦

牯岭镇观景台

山'，不是很合理吗？"

我点头赞同道："有道理。"

很久之后，我偶然见到一份介绍庐山的资料，才知我们大错特错。传说周代有匡氏兄弟七人上此山修道，结庐为舍，故称此山为庐山，又称匡山、匡庐。"庐山"之名，最早见于司马迁的《史记》："余南登庐山，观禹疏九江。"

牯岭街

石牛像

街心公园石刻

庐山夏季凉爽，7月平均气温21.9℃。早在南北朝期间，庐山就已经是避暑胜地。谢灵运曾在《登庐山绝顶望诸峤》中写道，庐山"冬夏共霜雪"。古书中记载，在庐山林木茂盛的峡谷中，夏天还有残雪。唐宋时期，庐山已经成为中国著名的文化名山。

至于庐山牯牛岭之名，源于当地有块大石头似牯牛，因而得名。李德立给长冲河谷一带取了英文名：Kulim（正是前文所说的“清凉世界”之意），其读音与牯牛岭的牯岭近似。

大石牛矗立在牯岭街广场的街心公园中央，广场南边临谷，所以建有很牢固的栏杆。人们凭栏远眺，可以俯视浩荡长江、鄱阳湖和九江秀色；入夜，人们可在这里欣赏庐山、九江的繁华灯火。

旅游业是庐山的支柱产业，牯岭镇居民中有不少是旅游业的从业人员。牯岭镇的餐饮和住宿都非常方便，价格也实惠。既有便宜的民宿旅馆，也有豪华的别墅酒店，可以满足游客消费差异化的需求。景点的配套设施也较完善，只要是人迹所至的地方，都设有卫生间、垃圾桶以及超市服务点，为游客提供便利。

山顶的服务点

站点

庐山上的交通，总体较方便。1982 年我上庐山时，各景点虽有“小面包”相通，但是有些路还不怎么好走；2005 年我再次上庐山时，很多公路已经拓宽，并改成了混凝土或沥青路面，路况比初次上庐山时好。如今，路况比 2005 年时更好。山上的旅游班车十分方便。东、西线景区由旅游班车贯通。各旅游景点都设有车站、等候区，乘客购票乘车，非常便利。

班车

第一章

庐山西线

第一节 小天池与诺那塔院

诺那塔院

小天池山位于牯牛岭北，海拔1213米，山势巍峨，青翠秀丽，是庐山的第八高峰。游客乘坐班车可直达“小天池站”，下车即到景区。小天池山登山步行道入口，就在庐山北门牌坊的旁边。

沿着步行道拾阶而上，登200余台阶，就可到达小天池山景点的入口。

诺那塔院指示牌

小天池山，因山顶的小天池得名。山顶有座祖师殿，小天池就在殿前。

小天池池水澄澈，晶莹碧透，池面宛若圆镜，即便是久旱也不干涸，久雨也不外溢。相传朱元璋和陈友谅大战鄱阳湖时，朱元璋曾屯兵于庐山，

小天池

无住亭

诺那祖师舍利塔

并饮马于小天池。还有一个传说，云山天国最小的公主，穿着百羽仙衣到此地，并入池沐浴。人们便将小天池取全名为“小天女浴池”，后来简称为小天池。

小天池的山脊上屹立着一座白色金顶的舍利塔，也称诺那塔。在院内，

舍利塔

天池山日落

有转经桶、四面佛、宝塔华盖等。

山顶的无住亭是观日出、晚霞和欣赏云海的最佳地点。

抗战纪念碑

领队说，这里很清静，不妨坐下歇歇，喝喝水。我旁边一位人士（可能是工作人员）热情地说道：“这一带在抗战时期，是发生过激战的战场。从小天池山往下走就是抗战纪念碑。”

抗战时期，随着庐山周边地区相继沦陷，庐山成为一座孤岛。庐山守军只有约 3000 官兵以及一些抗日民众，但是军民抱定牺牲之决心，誓以血肉之躯保卫庐山。

浩气长存题字

1938年8月17日，庐山守军得到情报：有500多日军进驻高垅的一个小村子，准备第二天凌晨偷袭庐山。庐山守军指挥部从3000名官兵中挑选出300名勇士，组成敢死队，连夜下山。半夜，敢死队员向日军发动突袭。敢死队员们越战越勇，击毙日军300余人，直到天色微明才撤离。

九江受降

庐山抗战纪念碑

9月2日，日军第101师团[1]所属第101联队（饭冢国五郎联队），由庐山南麓向德安迂回包抄，企图从背后向庐山守军发动攻击。江西守军阻击日军，激战两日，伤亡很大。庐山守军总指挥杨遇春决定抽调精兵强将，驰援友军；150名壮士潜下庐山，绕过围山日军，向东牯山奔去。壮士们登上东牯山后，架起机枪，向已接近山顶的日军猛烈扫射。日军猝不及防，慌忙后撤。饭冢国五郎被击毙。

日军在秀峰山给饭冢国五郎[2]设了一个衣冠冢，并立了一块墓碑，上刻“故饭冢部队长之墓”八个大字。据景区工作人员介绍，20世纪90年代，饭冢国五郎的后人还曾到秀峰山进行过祭奠。

至于饭冢国五郎究竟是在哪里并且是怎么被击毙的，存在不同说法。有一种说法是，他在接受日本记者采访时，被庐山守军在距离相当远的哨所处，用缴获的日本三八大盖，一枪击毙。

1939年4月18号凌晨，一支日军小分队，从莲花峰一条被洪水冲出的山沟悄悄攀上小天池山潜伏。清晨，大批日军从莲花洞山路向上猛攻时，潜伏的日军小分队突然跃出，插到小天池哨卡守军的背后，猛烈开火。庐山守军猝不及防，损伤大半，剩下的人员只好边打边撤，小天池防线失守。大批日军拥上山岭，向各个哨卡发起猛烈攻击。庐山守军总指挥杨遇春听到急报，知道已不可能再坚守了，便命令各哨卡守军迅速向仰天坪一带集结；黄昏时

1　日军第101师团于1937年9月1日以日军第1师团留守师团和预备役人员为基干在东京组建，下辖步兵第101旅团（步兵第101、149联队）、步兵第102旅团（步兵第103、157联队）及野炮兵第101联队、工兵第101联队、辎重兵第101联队等。

2　日本侵华战争期间，饭冢国五郎在日本国内被誉为“军神”和“帝国之花”，并获日本天皇颁发的金鵄勋章。有一段时间，日本各大电影院曾连续放映“军神饭冢联队长”的战地纪录片。饭冢国五郎死后，日军按惯例追晋他为陆军少将。

分突围，去九江县的岷山一带打游击。庐山守军于19日中午进入岷山。庐山保卫战，坚持了250多个日夜，谱写了一曲彪炳史册的壮歌。

2007年，当地在原“陆军第九十九军抗战阵亡将士纪念碑”旧址上修建了“庐山抗战纪念碑”。纪念碑如一把利剑刺向长空。纪念碑底座上有“精忠报国”四字。纪念碑碑园的石牌坊正面和反面分别有“浩气长存”和“捍国护民”题字。园林大门处也立有石牌坊，横书“山河不二”。

望江亭和观云亭

从纪念碑朝西南方向走不多远，便来到望江亭。此处视野开阔，如果天气晴朗，可以看到九江的赛湖、八里湖以及长江。从望江亭沿着山北公路往南行，可到牯岭街。步行途中往北看，可以看到观云亭。待天色更暗之时，观云亭一盏孤灯仿佛要把天地分割开来。当地人说，赶上庐山起云雾时，观云亭是绝佳的观云场所；天气晴朗之时，也可以俯瞰九江城区的景色。

观云亭

第二节 如琴湖边有花径

之前我因为发烧没有去锦绣谷，隔天领队单独带我去锦绣谷游览。领队问大家有没有要再去游玩的。大家都嫌累，不去了；只有张老师响应。张老师视力不大好，之前去锦绣谷，赶上要下雨，大家怕挨雨淋，走得快，加之山道不好走，他光顾走路，没顾得上欣赏风景，想再去看看。领队领来 3 份午餐后，我们便一起出发。

如琴湖挨着锦绣谷。我们计划先游览如琴湖和花径，再去锦绣谷。我们从住处步行前往如琴湖，走的是林间小道。走林间小道近得多，还可以观风景、听鸟鸣。三个人步行，不紧不慢，自由自在。

如琴湖

如琴湖很幽静，但不僻静，不时能遇上三三两两怡然散步的游人，还有

如琴湖

画者在湖边作画。路边树林和草地散发出阵阵清香。湖边有石刻和泉水，赶上大雾天气，如琴湖会被变幻莫测的云雾笼罩。傍晚时分，凝神细听，能听到湖畔落叶、宿鸟鸣湖。

如琴湖中心有一座忆琴亭，通过曲廊与岸边相连。每逢庐山云雾乍起，忆琴亭会隐于云雾中，充满了神秘感。

花径和白居易草堂

花径公园紧挨着如琴湖，树木茂盛，繁花似锦。树木之中，尤以桃树居多。有人说，唐代时，此地就有不少桃树。山下桃花已经凋谢。因为山上春迟，这里的桃花才刚刚开放。唐代诗人白居易游览至此，写下了著名的《大林寺桃花》。

花径

人间四月芳菲尽，山寺桃花始盛开。

长恨春归无觅处，不知转入此中来。

大林寺有一块石头刻有“花径”二字。

因白居易游览至此，写下了著名的《大林寺桃花》，所以后人把白居易循径赏花的山道命名为“花径”。此后，花径一带不断进行建设。特别是1949年新中国成立后，在此处做了许多建设，如琴湖（也称花径湖）便是1961年所建的人工湖。大林寺的遗址便在湖底。1988年，当地修建了“白居易草堂”等景观。历史上，白居易确实曾在庐山筑有“庐山草堂”，他所撰写的《庐山草堂记》是记述中国古代山水园林的佳作。不过，白居易筑造的“庐山草堂”并不在花径，也不知其遗址的确切位置。此处的白居易草堂现在作为陈列室，展示白居易的生平以及庐山的历史。

大林寺桃花石刻

花径石刻

白居易与草堂

第三节 锦绣谷览胜

锦绣谷景区和如琴湖只隔着一条马路。游览完花径和如琴湖之后可以直接过马路前往锦绣谷。1982 年的时候，我们不知两处景点之间有马路，所以我们是由林间小道走到锦绣谷的。

锦绣谷是庐山西线的核心景观，由大林峰与天池山交汇而成，因第四纪冰川反复侵蚀，形成 U 字形的幽谷（一般的山谷呈 V 字形），两边多是陡壁。赶上雨水多的时候，在谷底形成山涧，称为锦绣涧。

我们游览锦绣谷那天天气很好，加之前一天午后下了一场雨，格外凉爽。张老师是教汉语的，关于庐山的诗记得不少；游览到有些景点，他会念几句诗，增添雅兴。

天桥

我们最先到达的景点是著名的“天桥”——一块巨石板，犹如悬在半空中的一座桥。

在我们身旁，有讲解人员正给一个旅游团讲解。他说道：“这里古称‘仙人盘’，曾经是庐山大林寺历代大和尚们悟道参禅的地方。大家向下看，两边的崖壁隔空相互对峙，与谷底落差有 60 多米。相传，朱元璋与陈友谅在鄱阳湖大战，朱元璋失利，退到锦绣谷一带。在天桥处的崖边，前无去路，后有追兵，情况非常危急。忽然，晴空霹雳，出现一座石板桥。朱元璋策马而过。追来的陈友谅几乎要赶上朱元璋留下断后的士兵了。忽然，又一个晴天霹雳，石板桥断了。两边崖壁又形成了对峙的绝涧。一边留着从山体伸出的两三米

天桥

长的石板，另一边则留下像桥墩的巨石。如果在天桥下从某一角度拍照，从照片上看，石板与对岸‘桥墩’相距不到一米，实际上却有四五十米。”

天桥趣味老照片

我们听故事听得津津有味，这时有人问道：“和尚为何要选在这样的地方修行呢？”

讲解员说：“有人认为在这种地方静坐闭目，不敢睡着，睡着了有可能摔下去。”

采药石

锦绣谷中有一种花，叫“瑞香”，又名睡香、蓬莱紫、风流树、毛瑞香、千里香、山梦花等，是常绿灌木开的花。这种灌木先开花后长叶，初春时节开花，

采药石今昔对比

香气浓郁。尤以金边瑞香最为名贵。中医学认为，瑞香味辛，性温，有祛风除湿，活血止痛之功效，用于风湿性关节炎、坐骨神经痛、咽炎、牙痛、乳腺癌初起、跌打损伤等病症。但瑞香这种植物，各个部位都有很大的毒性，误食过量会危及生命。作为药用，必须遵照医嘱。

传说李时珍到庐山采药，住在东林寺。一个小和尚，右腮红肿，忍着牙痛，喃喃念经，老和尚取过一枝干枯的草药给他，让他含在嘴里，顿时止痛。李时珍见此情景，十分惊诧，连忙向老和尚请教，原来正是“睡香”。锦绣谷中有此花。为了寻找这种花，李时珍在锦绣谷找了几天，才在采药石处找到“睡香”。

瑞香为何又叫睡香呢？传说，李时珍在锦绣谷中找此药材，因爬山爬累了，就在采药石上睡着了，梦中闻到一股浓烈的香味，醒来见到一位绰约多姿的女子，手里拿着瑞香，站在岩边。经她指点，李时珍在岩石下面找到此花，因而称此花为“睡香”。人们觉得这象征着美好、祥瑞，故改称“瑞香”。

好运石

沿着采药石旁边的山道继续往前走，可以看到一块巨大的石头矗立在山崖边，这便是好运石。据说摸一摸，会有好运。

实际上，不管你想不想摸，人们爬到那儿，一般都比较累，大多数人都会不由自主地扶着“好运石”喘口气。

从好运石沿着山道继续往前走，有山谷、栈道、巨石等各种景观，可以称得上移步换景。锦绣谷作为西线的核心景观，确实名不虚传。

尤其是礼贤门，由多块巨石垒起来，但是谁能相信这是自然景观，而不

好运石

礼贤门

是人工造就的呢？

谈判台和梵音泉

过礼贤门后，我们看到山道边有一座小房。讲解员说：“谈判台到了。”

有游客问：“什么人会到这样的山旮旯来谈判，是朱元璋和陈友谅吗？”

讲解员笑了笑，说：“大家到门那儿往里看，就知道是谁和谁谈判了。”

我们凑近看谈判台的简介。这里曾经是马歇尔和蒋介石晤谈的地方。我们对历史事件感兴趣。那时，庐山还没有公路通到山上，马歇尔、蒋介石他们是怎么到这里来的呢？他们能步行走这样的山道吗？骑马或者坐滑竿，安全吗？为什么要在这种地方晤谈呢？选在此处晤谈有什么特别的意义吗？这里的小房子是何时建的？是干什么用的？明明是小房子，为何称为“台”呢？讲解员说，谈判台本是朱元璋建的访仙台，或称访仙亭，年久失修，1933年重建，才是现在这个模样。

谈判台简介

平台下是两三间小屋，当时马歇尔和蒋介石就在平台上晤谈。此后，这里也就被称为“谈判台”。现在，这里已经改为商店。平台上方是视野绝佳的观景平台，

访仙台石刻

还有休闲茶座服务；在品茶休息的同时，还能观赏锦绣谷的美景。

至于为什么要在这里晤谈，讲解员说，他也是猜想：可能由于晤谈的内容是绝密的，这里可以阻隔消息，有利于保密。

有的人提出了自己的看法：上庐山的人，大多要到锦绣谷观景台那儿观览景致。那个时候，观景台处就是山道的终点。到了终点，游客大多需要坐下休息，喝喝水。在这里既可以谈判，又可以观景，两不耽误，容易做到心情愉悦，有助谈判顺利进行。我觉得，此说法也有点道理。

“那朱元璋又为何建这个访仙台呢？”有人接着问。

讲解员说道：“传说，朱元璋与陈友谅大战鄱阳湖时，有一名叫周颠的疯和尚在洪都（今南昌）行乞。在东华门谒见朱元璋，口唱‘告太平’歌，说朱元璋将会定都南京，天下太平。之后，周颠随军到小孤山时，没有风，

竹林寺

不能开船。疯和尚遂站立船头，大呼一声，强劲的东风就吹了起来。朱元璋称帝后，周颠辞别而去。朱元璋不理解，问他为什么，并问其住何处。周颠回答‘吾乃庐山竹林寺僧也’，随后踏白云向庐山而去。朱元璋遣人去庐山，寻访周颠，但寻不到其踪迹。为了纪念周颠，朱元璋建了此台。”

关于竹林寺，《徐霞客游记》中记载，访仙台遗址后面石头上有“竹林寺”三字。竹林寺是庐山的幻境，可望而不可即。每当风云变幻时，在访仙台前，

梵音泉

能隐约听到钟磬声和诵经声，却看不到寺庙真容。朱元璋曾派人到庐山寻找竹林寺，可除了找到崖壁上刻着的“竹林寺”三字外，别无所获。因此后人就把“竹林寺”称为“天上的寺院”。

紧挨着谈判台的是梵音泉，以前这里有座梵音寺，泉因此得名。庐山的泉水都是可以直接饮用的。梵音泉水质清冽甘甜，游人可以委托商店取水，泡上一杯正宗的庐山云雾茶，在茶座稍做休憩。

仙人洞

再往前走，路边有座亭，名为观妙亭。经过观妙亭时，我听见有人朗诵毛泽东同志的诗：“暮色苍茫看劲松，乱云飞渡仍从容。天生一个仙人洞，无限风光在险峰。”听到这首诗，我们知道，仙人洞到了。

往前走不多几步，到达一个广阔的平台，左手边便是仙人洞。站在仙人洞洞口正对面观看，会觉得仙人洞像是一只很大的手掌扣在那儿，中间三根手指向上，故仙人洞又称为“佛手岩”。

仙人洞的位置靠近大林山的山顶。它是由砂崖构成的岩石洞，洞高 7 米，深达 14 米，是由自然风化和山水冲刷逐渐形成的天然洞窟。洞的两侧，各有一泉水，称为“雌雄泉”。不管洞顶上挂有多少水珠，两泉总是一滴一滴往下滴，终年不断。这就是《后汉书》记载的“一滴泉”。

仙人洞在海拔 1000 余米的地方，站在洞口远眺或俯视，仿佛站在云端看人间。我们到达仙人洞时，天气晴朗，白云朵朵，山谷中薄雾飘飘，颇有远离尘世之感。相传八仙中的吕洞宾曾在此洞修炼。洞内有一石制殿阁——

洞门

仙人洞

吕洞宾像

仙人洞石刻

纯阳殿，供着吕洞宾身背宝剑的石雕像，石壁上则有各种石刻。

仙人洞的右侧，有一座老君殿。老君殿也称仙人洞道院，如今是当地道教协会的办公处。老君殿两旁有两座高大的石碑，旁边还有古老的香炉和铜钟，崖壁之上则有众多石刻。

从老君殿往上走不多几步，有一巨石，一端凌空，因为像“蟾蜍”，故称为“蟾蜍石”。石头的前方与上方，分别题有“纵览云飞”和“豁然贯通”。石隙中有一棵苍劲挺拔的松树，拨云破雾，这就是著名的庐山石松。有游者问：

太上老君殿

蟾蜍石和石松

"'暮色苍茫看劲松'，就是这棵松吧。"但是没有人回答他。

从庐山石松再向上走不多远，有石门。门上横额题有"仙人洞"。此处是仙人洞的正门。

正门

御碑亭

御碑亭在仙人洞正门右侧的山岗上，是石材建筑。

在此，我们正好遇到之前讲解谈判台的导游。她对着亭子，正在讲解：“朱元璋为了纪念周颠修建了访仙台，于洪武二十六年（1393 年）修建了御碑亭。亭内石碑正面是朱元璋亲自撰写的碑文《周颠仙人传》，背面是朱元璋的《赠四仙》诗。”我上前看了看，碑上的字，有的已经字迹模糊。御碑亭所在，据说是周颠乘白鹿升天之处。所以朱元璋在此建亭立碑，以张周颠的事迹。

有游客说：“有没有周颠这个人，都不好说。有，也不是什么仙人，是编造出来的，是为了宣扬‘君权神授’，宣扬朱元璋做皇帝是‘天意’。”

有游客提出了反对意见：朱元璋为周颠树碑立传时，已经坐上皇位 20 多年了，用不着搞这一套。

我的伙伴说，读过明史的人知道，朱元璋称帝以后日益觉得朱家皇权受到威胁，所以喜怒无常。

威胁来自何方呢？朱元璋认为，那些有大功劳的权臣居功傲慢，目无王法，行为不轨。而他自己，由于整日忙于国政，操劳过度，50 多岁后，就感体力

肖老师照片

仙人洞历史图

御碑亭

碑文

不支。他担心儿孙们对付不了那些功臣，于是兴大狱，屠戮功臣。同时，朱元璋故弄玄虚，煞有介事地抛出“君命神授”的谎言，大兴土木，建起访仙台、御碑亭，重修天池寺。他不惜重金，在庐山上建亭修寺。他给有大功劳的“周仙”等人树碑立传，表示对神的崇敬。这是让百姓以为朱元璋的所作所为都是神的安排，不要起来反对他；反对他，就是反对上天。

1982 年我们游览锦绣谷时，山道不

大好走；2005 年再游锦绣谷时，山道修得好走多了，也更安全了；路的长度也有扩展，有 2500 多米。

我们在游览途中，还听到别的讲解员讲解锦绣谷名称的来历：锦绣谷因四时红紫匝地，花团锦簇，故得名。可我们没有见到“红紫匝地，花团锦簇”的景致，倒是见到千石竞秀，众壑回萦，怪石嶙峋，悬崖百丈，十分惊险壮观。我的伙伴说：“总觉得以‘锦绣’来形容该山谷，有点过于文绉绉了。前面讲解员说‘庐山以雄、奇、险、秀闻名于世’，倒是所言不虚，‘匡庐奇秀甲天下’，确实名不虚传。”

有游客说，5 月份来庐山就能见到漫山遍野的杜鹃花了。庐山不是四时都有花开，只有春天才能见到云锦杜鹃等花漫山遍野地竞艳。北宋文学家王安石曾经写过一首诗：

还家一笑即芳晨，好与名山作主人。
邂逅五湖乘兴往，相邀锦绣谷中春。

我想王安石一定见过“红紫匝地，花团锦簇”的景象。

就《游庐山记》而言，比较遗憾的是，三上庐山，都没有看到杜鹃花开的胜景，只能留待读者朋友们自行探寻了。

第四节 从阳明古道去大天池

从仙人洞圆形大门出来往右手边走几百米便是阳明古道。阳明古道是庐山历史上第一条官驿道，是朱元璋为了运送御碑于洪武二十七年（1394 年）下令修建的。这个御碑正是御碑亭里那座石碑。阳明古道的起点在石门涧底，终点为圆佛殿附近，全长约 3000 米。道路比较陡峭，道路旁留有明清两代众多的名家石刻。从锦绣谷出来，有一段由古道衍生出来的很平缓的路，要比从山脚下登山容易很多。

循道而走，最先见到是大天池炮台。

炮台现在加建了铁皮屋顶和门，从门缝往里看可以看到堆满的杂物。从大天池炮台走到狮子峰的尾部。可以见到建于 1926 年的圆佛殿，相传为唐生智为其母修的佛殿，外观粗壮，呈伞状。原来是五扇门，每门内塑一尊佛像，故亦称五佛殿；后来佛像被毁，改门成窗。

从圆佛殿循阶而下，便可以看到掩映在树木间的天池塔。它诉说着天池寺曾经的辉煌。

从天池塔继续前行约200米便是天心台。天心台也是全石材建筑，石门、石窗上所刻的文字，因为风雨侵蚀，早已模糊不清。

大天池炮台

圆佛殿

天池塔

天心台

山门

天心台旁边便是照江崖，崖边建有一座亭子，亭中是王阳明《夜宿天池寺》的石刻。距离此处不远便是天池寺的山门，山门题字为康有为所书。天池寺是庐山山顶最古老的寺院，由东晋僧人慧持创立，旧名峰顶寺，宋代更名为天池院。

前文说过朱元璋派人寻找竹林寺不遇的事。传说，竹林寺所在地址与天池寺相近，朱元璋便敕令修缮扩充天池寺，御笔题额，大加赏赐，派高僧主持寺务。明太祖赐名“天池护国寺”，明成祖敕“天池万寿寺”，明宣宗又敕“天池妙吉禅寺”，由于三个皇帝的加封，天池寺遂成为当时匡庐首刹。这在庐山诸寺院中是独一无二的殊荣。

文殊台

半月顶

天池寺西边临壑建有文殊台，呈半月形，因供奉文殊菩萨而得名，始建于东晋，屡毁屡修。文殊台下有石头突出，名为“凌霄石”；上面建有“斗姆亭”，是为了供奉庐山的女性神“庐山老母”，所以斗姆亭也称“老母亭”。文殊台和斗姆亭是观赏云海的胜地。

天池寺现在仅剩遗址。图中的石堆便是天池寺的遗址所在。遗址后方则建有新寺。

斗姆亭

天池寺遗址

重建天池寺

大天池

寺庙正前方有左右两个水池。这便是与小天池对应的大天池。大天池原为天池寺的长方形大天井，中轴线上有石桥，像是将天井分为左右各一天井，实则桥下是相通的。由此可以想象以前天池寺鼎盛时期的宏伟景象。大天池池水由下上涌，终年清澈见底，遇旱不涸。

天池寺左右都是出口，左边通往猴谷，右边有通往龙首崖的指示碑。

猴谷

第五节 龙首崖与庐山松

从大天池沿着山道往下走不远便是龙首崖与庐山松。庐山松又名龙冠松，原本有两棵，树龄已达300余年，生长在龙首崖的绝壁之上，位置非常险要，松树下面是见不到底的深渊。站在悬崖之上，当云雾升起时，会有腾云驾雾飘飘然的感受。

庐山松历史照片

历史照片，左树已干枯

笔者听说，以前游客到此游览，有的要与龙冠松拥抱合影，还有人争相到崖边往下看，有人在这儿坠崖。我在导游保护下上前看，确实十分危险。2005年，我们再来庐山时，龙冠松已经被铁栅栏拦起来了，但是左边那棵常有游客踩着树身拥抱合影的松树已经干枯，实在可惜！

铁栅栏

高高的铁栅栏，一来可以保护游客的人身安全，二来可以不让人们踩踏龙冠松。但由于铁栅栏太高，有碍观瞻，后被拆除，改成了齐胸高的栏杆，游客的安全有了保障，又不影响观赏景致。如今，两棵庐山松只剩一棵，让

2021 年的庐山松

龙首崖

人不得不感叹。

沿着庐山松旁的栈道继续下行十几米，可以仰视龙首崖。我们也才真正明白龙首崖得名的由来。悬壁峭立，一巨石横亘其上，恰似苍龙昂首，几棵根扎在石隙的虬松，宛若龙冠或龙须，微风吹拂，仿佛龙须飘动。

从龙首崖可以俯视星龙索道和悬索桥。我们要从龙首崖下行到悬索桥。在徒步下行的过程中，可以经历俯视、平视再到仰视铁船峰的全过程，十分奇妙。沿途的景色自然也是美不胜收。下到崖底，便是悬索桥。过了悬索桥，往左可以去往大坝和双龙潭，往右则是前往石门涧景区。

悬索桥全景

第六节

石门涧与铁船峰

白龙涧

喷雪奔雷

石门涧

我们过悬索桥，往右，进入石门涧景区。顺着陡峭的台阶往下走，不一会儿，悬索桥已经在我们的上方。

虽然台阶陡峭，但这种铺设的石筑山道已经很好走了。1648 年的时候，石门涧这一带还没有路。徐霞客来庐山时，明“知石门之奇，路险”，却迎难而上。他攀藤附葛，考察石门涧的石门，并在《游庐山日记》中称赞石门涧的溪水和瀑布，“喷雪奔雷，腾空震荡，耳目为之狂喜”。随后，他从石门涧的北坡攀登，到达天池寺一带。

白龙山瀑自山顶蜿蜒而下，涧水落入潭中，徐霞客所谓的“喷雪奔雷”正是说的此处。

铁船峰

水潭边有台阶，往左登山便是铁船峰。峰顶，有块巨石，似老鹰，从有的角度看，又似船头，因为颜色像铁，故称铁船峰。

铁船峰老照片

传说，东晋初年，吴猛与许逊从金陵（南京）返回南昌，找到一条船，可船主说还缺驾船的船工。许逊说：“没关系，我们自有办法。你们在舱内闭目坐好，千万不要睁开眼睛。”船主与众人从命，一起闭目。许逊和吴猛念起咒语，由两条龙托起船凌空飞驰，腾云驾雾，沿长江西行。不一会儿，

石门涧石刻

小船就到了庐山上空。经过紫霄峰金阙洞时，吴猛、许逊想去金阙洞一游，命二龙降低高度，小船几乎贴着山峰飞行，船底与树梢摩擦，嘎嘎有声。听到树枝折断的声音，船内有人偷偷睁开眼睛，想看看究竟发生了什么事。谁知刚一睁眼，两条飞龙立即弃舟而去，小船坠落在庐山，变成了一座状如船只的山峰。而船上的桅杆则被摔为无数截，化为石门涧中数不清的断石残岩。后人便在涧中一块巨石上，刻下“石门涧”三个大字。

至 2021 年，由于塌方的缘故，铁船峰景区已经封闭多年，道路两旁的栏杆多损毁，很多登山台阶也已经完全坍塌，比较危险。不过，这阻挡不了驴友们攀登铁船峰的热情。只是集体游客少了，所以台阶上布满苔痕。

大门封闭

杂草

石门衔日

徐霞客《游石门记》

石门涧底

由铁船峰沿原路返回到水潭边，可以沿着石阶一路往下走，直至谷底，走出石门涧景区。后程地势已平缓，步行基本不累。

石门涧景区是庐山较早被发现的宝地。最早的文字记载可追溯到《后汉书》：庐山西南有双阙，壁立千余仞，有瀑布存焉。

早在一千五六百年前，人们就知道庐山（特别是石门涧一带），风光绚丽，气候宜人。那时候庐山已是避暑胜地，游客络绎不绝。东晋咸康六年（340年），著名书法家王羲之任江州刺史，游览庐山南北，选定金轮峰下一处绝佳山地，营造别墅。这可谓庐山上最早的避暑别墅。东晋太元六年（381年），名僧慧远在此筑“龙泉精舍”。南朝时期，谢灵运在此筑“石门精舍”。唐代，李白在五老峰后山建筑“太白书堂”，白居易也在庐山建了“草堂”。到如今，很多建筑早已消弭于历史之中。

龙泉精舍

经书岩

石门涧景区不仅自然风景独特，旅游项目也开发得好，有高空溜索（空中飞渡）、

仰望铁船峰

绝壁攀岩、登峰探险、冲浪漂流等，被国家体育总局列为国家攀岩赛事基地和全国大学生体育运动、户外生存训练基地。

石门涧两侧的山上，生长着多种植物。不常见的石楠、野桐、马褂木等，荟萃其间，蓊郁成林。还有两株千年黄杨。在山中容易找到千年树，但是千年黄杨，就难找了。黄杨是稀有的珍贵树种。石门涧千年黄杨古树，可谓“庐山植物一绝”。

2004年2月，庐山被列入全球首批世界地质公园。庐山的地质资源很丰富，石门涧一带的地质资源尤其具有代表性。石门涧南侧是铁船峰，铁船峰一侧的石壁，上下落差有307米，左右宽度达420米，真是“芙蓉削出插天半，千尺无枝不着土”。地质学者说，这种又光又陡的冰溜面、冰坡是第四纪冰川的典型遗迹。

石门涧是地质变化、生物进化、自然造化、历史文化的综合大观园，有

碧血泉

咒裂石

碇步

石门涧出口

“匡庐绝胜”的美誉，是“庐山第一景”。庐山素有“春，有锦绣谷之花，夏，有石门涧之云”一说。石门涧峡谷，夏天从东南方向吹来的湿润季风和峡谷中阴凉的空气相遇，会形成云雾。人站在龙首崖的岩背，仿佛腾云驾雾，云游仙境。但是，石门涧云海这一大奇观，只有雨后天晴或雪后天晴的日子，才会小概率出现。

石门涧谷底拥有“坐井观天”“龙虎情”“碧血泉”“讲经台”“咒裂石”等自然和人文景观，还有用于供涧两边通行的“碇步”。景区出口是一座小的铁索桥。过了桥，石门涧景区的游览就结束了。

到了石门涧底就算是下了庐山。此时若要重返庐山山顶，有两种方式，一是按原路返回，二是乘坐索道上山。

第七节 题西林寺壁

著名的东林寺和西林寺靠得较近，距离庐山西线索道只有10分钟的车程。出了石门涧景区，我们乘车先直奔西林寺（西琳寺）参观。

西林寺重建之前，整个寺庙只剩下了一座西林塔。1989年9月，西林寺开工重建，至1996年10月，初具规模，有大雄宝殿、左右寮房、天王殿、

大门

石碑

阿弥陀佛殿、地藏殿、观音殿、藏经殿、大客堂、大斋堂等建筑，总建筑面积 9000 平方米。

西林寺盛名在外，与苏轼的《题西林壁》一诗不无关系。《题西林壁》现被复制在寺内一砖墙上：

横看成岭侧成峰，远近高低各不同。
不识庐山真面目，只缘身在此山中。

大雄宝殿后便是西林塔。

大雄宝殿

题西林壁

塔身佛像

西林塔

第八节 东林寺圣地

东林寺

东林寺在西林寺东边约500米处。东林寺建于东晋太元九年（384年），由慧远大师所建。

慧远大师建造龙泉精舍后，因为追随者众、场地受限，于是在庐山西北山麓建东林寺。这也便是净土宗的发祥地、净土宗的祖庭。

至唐朝，东林寺达到鼎盛，“殿、厢、塔、庑，共三百一十余间，规模宏远，足称万僧之居”，门徒数千人，收藏经书万余卷，名列全国寺院之首。那时的东林寺，诗碑林立，诗人题誉极为丰富，李白、杜甫、孟浩然、白居易、韩愈、李颀、王昌龄、李端、韦应物、张九龄、张乔、杜荀鹤等都留有诗章，有“满寺万诗咏，一步一惊心”之说，堪为天下第一诗寺。

一些文人来庐山游玩，吃、住多在东林寺。比如白居易，他每次来庐山，

正门

菩提

珍贵文物

出土的石佛首

在东林寺一住就是几天，还写有《夜宿东林寺》：经窗灯焰短，僧炉火气深，索落庐山夜，风雪宿东林。

从东林寺正门进入，映入眼帘的是一棵参天的菩提巨树。菩提树左边是东林寺历史展览馆，里面陈列着东林寺出土的历朝历代的文物。

菩提树右边则为东林净土学院，是寺庙弟子修行的地方，谢绝游客参观。

东林白莲情

天宝九年（751 年），鉴真大师第六次东渡日本之前来东林寺朝礼，随后将净土宗教义传至日本。日本净土宗与中国净土宗一脉相承。日本净土宗视东林寺为祖庭，定期来寺朝拜礼祖。东林寺的白莲典故，便是最好的说明。

菩提树往前，是一座经塔。经塔四周则是四方莲池。每到盛夏时节，荷花盈池，繁茂竞秀，碧水白花，相映生辉。东林寺的白莲是慧远大师当年亲手栽植的，花色青白，丰满清香，每朵莲花有 130 余枚花瓣。其品种之罕有，中外驰名。

莲池

白莲资料图

一池独秀

白居易的《东林寺白莲》赞曰：

东林北塘水，湛湛见底清。

中生白芙蓉，菡萏三百茎。

白日发光彩，清飙散芳馨。

泄香银囊破，泻露玉盘倾。

日本僧人澄圆，追慕莲社风迹，于1317年到东林求道（留学），1321年学成归国。临别时，庆哲大师赠其白莲种子。澄圆回到日本，在堺市创建旭莲社，凿池播种白莲。

20世纪八九十年代，东林寺收回原有的莲池寺产；重建莲池时，竟然掘到原址，出土了护栏、连体石雕狮头立柱等。如今，重建的莲池比原来的更气派，更精美。

在中日建交20周年之时，日本净土宗组团来华，返赠白莲种子和莲藕。昔去扶桑，今还震旦。日本净土宗总务总长成田有恒与当时的东林寺主持果公上人携手步入莲池，共同种下了象征友谊与和平的青莲花。全国政协原副主席杨成武将军到寺视察，欣然泼墨挥毫，题写了“莲池”碑。

东林中兴

1949年庐山解放时，不要说莲池了，东林寺本身就仅剩破殿两三椽。1959年，周恩来总理视察东林寺，指示要复修东林寺，保护文物。复建后的东林寺，主体建筑以大雄宝殿为中轴线，向前后、左右展开，整体仿唐代建筑风格，琉璃碧瓦，古朴端庄。1965年，东林寺已初具规模。

莲池正前方为天王殿。

从天王殿进去，正前方便是大雄宝殿，气象庄严。

大雄宝殿

罗汉堂

大雄宝殿右侧为罗汉堂，500罗汉，姿态各异，栩栩如生，造艺极高。

再往后走，是三栋连在一起的建筑，左边为观音殿，右边为祖师殿，正中间最为高大壮观的则是藏经楼。

藏经楼

在政府的支持和帮助下，经过近十年的维修再造，东林寺尽复旧观。东林寺现在为中国佛教重点对外开放寺庙。

聪明泉

东林寺后山山脚，有一清泉，名为“聪明泉”，泉水清澈见底，一年四季不涸。相传东晋名将殷仲堪到东林寺拜访慧远大师。殷将军博学多才、能言善辩。慧远大师指着道边的泉水赞赏道：“将军之辩，如此泉涌，君侯聪明，若斯泉矣！”此泉因此得名“聪明泉”。

后来大家都以为饮用“聪明泉”水，就会变聪明，争相赶来喝泉水。为了保护好水源，寺里盖了一座亭子，并用石块砌一方形水池于亭中；旁边的山体上有一块碑石，上面题有“聪明泉”，落款为唐太宗李世民。碑石上还刻有晚唐诗人皮日休的诗：

一勺如琼液，将愚拟望贤。

欲知心不变，还似饮贪泉。

沿着聪明泉旁边的登山石阶上攀，有谢灵运译经台、远公塔院、尼泊尔高僧佛陀跋驮罗塔院。

聪明泉

第九节 从大坝去双龙潭

电站大坝

离开东林寺，乘车前往索道（约10分钟车程），搭乘上山索道到达庐山“西线卡口”班车站点，乘班车前往电站大坝站。

西线索道

庐山大坝

庐山电站大坝，位于石门涧的上游，黄龙潭和乌龙潭的下游，1956年始建，坝高35米，长98米，宽10.4米，蓄水发电，装机容量5780千瓦，1958年正式发电。

历史上，大坝上游的黄龙潭一带，到了雨季，山洪暴发，从黄龙潭一带至下游地区常遭受洪涝之苦，然而旱季又缺乏灌溉用水。如今有了大坝，不仅解决了山上用电问题，还解决了旱涝灾害。

乌龙潭

离大坝最近的是乌龙潭。乌龙潭原本是由三个大小不一的潭组成，现在只有一个潭。潭的水头，在潭边石壁上数米高处，分成数股（通常分为5股，大旱时只有3股）从巨石缝隙中飞流而下，落差虽只有几米，但水声较大。然而

乌龙潭

水声并不刺耳，聆听一会儿，竟会感到宁静。可谓是“水噪林逾静，鸟鸣山更幽”。

乌龙潭是电视剧《西游记》水帘洞的取景地。

黄龙潭

黄龙潭掩藏在树林、岩石间，幽深静谧。水潭周边巨石上有“痛饮黄龙”“龙泉”“静听”等石刻。涧水穿绕石垒而下，最高点和最低点落差有近20米，冲入潭中，水柱洁白。

乌龙潭和黄龙潭虽然挨得近，但是，不是同一溪涧的。乌龙潭的上游是牯岭街东南侧的长冲河和芦林湖。黄龙潭的上游是玉屏峰一带的山涧，其水质更好。

双龙潭的传说

关于黄龙潭、乌龙潭，民间流传着许多神话故事。有一个版本是：古代，有一条桀骜不驯的恶龙潜于陡崖下的深潭中，时常发脾气，造成山洪暴发，淹没良田，百姓遭灾。一高僧云游至这一带，听说有如此为非作歹之恶龙，建议建一座寺庙供奉菩萨，请菩萨镇压恶龙。他勘察地势，发现在闹洪灾附近高200多米的地方，适宜建寺庙。寺庙建成后，命名为黄龙寺。他祈祷上天驯服恶龙。菩萨令善良强悍的白龙，配合天兵制服恶龙，不许它出深潭兴风作浪。但恶龙的后代化为群蛟，又兴风作浪，祸害百姓。黄龙寺僧人敲响神钟，白龙赶到，配合天兵，降伏群蛟。人们在黄龙寺后山上赐经亭旁掘下制龙洞，将群蛟赶入制龙洞，并将神钟扣在洞口。时间一久，神钟化为“降龙石”。如今，三宝树附近有一块巨石，刻着“降龙”二字。而黄龙寺正在附近。

黄龙潭

另一版本，也是有恶龙，有高僧，不过是菩萨召唤栖于乌龙潭的五龙(五兄弟，那处瀑布在雨季也是五股)协助天兵制服恶龙。最终恶龙被禁锢于黄龙潭潭底。“乌龙潭”之称谓，实际应是“五龙潭”的误称。为了更好地看管恶龙，人们建了黄龙寺。

降龙石刻

关于“五龙”，还有一个版本：五龙潭中有五龙，性格温和，不但不兴风作雨，还时常给当地百姓做好事。大旱日子，五龙便喷云吐雾，普降甘霖，滋润禾苗；大涝时节，五龙又吸水排涝，不使洪水淹没农田、危害农舍。所以五龙受到寺庙众僧和周围百姓的喜爱。五龙很忙，经常顾不上吃饭。为了表示谢忱和敬意，百姓在每年农历六月初，采集百果，送来菜饭，投入潭中，祭祀神龙。当地群众称这个活动为送龙饭。五龙，只有六月初安静在家，收到龙饭后，会储藏好，等需要时食用。多少年来，五龙一直如此造福生灵；五龙潭瀑布，终年流淌不息……

第十节 三宝树和黄龙寺

巨型柳杉

三宝树

从黄龙潭沿林间石阶上行两三百米即到三宝树。“三宝树”是有三棵古树的地方。两棵是柳杉，各高 40 余米；一棵为银杏，高约 30 米。此处浓荫蔽日，绿浪连天。每棵树的主干，三人合抱不拢，形同宝塔。最大的那棵树，

三宝树

直径为2.8米，要四人合抱。因这三棵树在黄龙寺山门前，所以有“庙堂之宝”的称誉。

关于三宝树树龄，有不同的说法。据树下岩石上所刻的“晋僧昙诜手植娑罗宝树”这十个字来看，已有上千年的历史。昙诜为大林寺创始人，是东林寺高僧慧远大师的弟子。有专家认为三宝树为明代所植，推算其树龄为400多年。1974年8月，南京林业学院教授带学生来此实习，用生长锥测得，柳杉树龄大约为600年，银杏树树龄大约为1500年。

一位年纪较大的游者（下面简称游者甲）说：“娑罗树就是柳杉，受佛教界喜爱。高僧大多喜欢在寺庙里种一两棵柳杉。三宝树这里的两棵柳杉，经过生长锥勘测，已经确定树龄600来年，不可能是千年前的昙诜手植。据说，树下岩石上所刻的‘晋僧昙诜手植娑罗宝树’这十个字是1919年当时的庐山森林局局长刻的。至于银杏树，我国许多地方都有，可能是土生土长。只要没有天灾人祸，银杏树的树龄会很长。”

有人问道：“那么这两棵柳杉是谁在何时种的呢？”

游者甲说：“据记载，应该是明朝黄龙寺高僧彻空长老移种于此，树龄500多年。1974年测得600来年，基本上符合事实。”

据说，三宝树所在地，原本有许多古树，林木参天。后因僧人盗伐，仅剩下这三棵古树。之所以没被盗，可能因为这三棵树在山门前，僧人不敢盗伐。这件事在史书上是有记载的：清康熙年间，黄龙潭“一谷皆杉，大者十余抱”。同治十一年（1872年），僧人以整修古刹为名，将树木采伐变卖，仅留下两棵柳杉、一棵银杏。

“宝树”可能是源于下面的缘由：庐山雨季，有时会天昏地暗，狂风暴雨，雷电交加，仿佛地动山摇。有的树木被连根拔起。但是三棵树这地方，却风平浪静（这里地势较低之故）。人们以为这三棵树有镇山作用，是为“宝树”。

黄龙寺

跟游者甲聊天，我们几人都觉得很有意思。

游览黄龙寺后，我们沿着林间小道，到达了交芦桥。从交芦桥拾阶而上，便到达东线景区芦林湖边的芦林桥。至此，西线游览便宣告结束。

晚饭后，我在休养所北门外散步，又遇到前几天在此相遇并交谈好一阵子的那位同志。他得知我们白天游览了黄龙潭，问道：“你认为是先有黄龙寺之名，还是先有黄龙潭之名？”

大雄宝殿

黄龙寺

我没有考虑过这样的问题，一时不知怎么回答好。

他说道：“全国很多地方都有黄龙寺。黄龙寺是我国佛教禅宗临济宗门下分支所建寺庙的名称。该分支，是北宋中期慧南在隆兴（今南昌）黄龙山开法创建，故称黄龙派。黄龙派曾非常昌盛，有才能的弟子多达数百人，前往四方开枝散叶，所建寺庙都称黄龙寺。黄龙派还传到了日本和东南亚一带，所建的寺庙也称黄龙寺。所以应该是先有黄龙寺。”

我觉得他说得有道理。但我把听来的关于恶龙兴风作浪和建黄龙寺供奉菩萨、镇压恶龙和群蛟的传说说给他听。我问他，有没有可能是根据传说，先有黄龙潭，再有黄龙寺。

他笑了笑，说道：“是有这样的可能性。”但是他又继续说：“南唐中

芦林桥

主皇帝李璟在没有做皇帝以前，曾在马尾瀑附近买地盖房，依山读书。当皇帝以后，将他少时读书的地方，送给和尚们建寺院，并赐名‘开先寺’，大概是开国先兆之意。开先寺于951年建成后，中主李璟亲自挑选高僧绍宗大师到开先寺当住持。于是东侧的马尾瀑就改名为开先瀑，西侧的黄岩瀑也有人称之为开先瀑。清朝康熙皇帝在第六次南巡时，给开先寺赐了新寺名‘秀峰寺’，开先瀑便从此称为‘秀峰瀑’。此后，有人称马尾瀑为秀峰瀑，有人则谓西边的黄岩瀑（李白的《望庐山瀑布》发表后，改称‘庐山瀑’）才是秀峰瀑。于是，连绘制地图的人都弄错了，张冠李戴，将庐山瀑与马尾瀑的位置颠倒了。秀峰寺西侧的，是庐山瀑或称李白瀑，秀峰寺东侧的，是马尾瀑。不过如今，庐山瀑和马尾瀑都称秀峰瀑了。”

跟这位同志聊天，我长了见识。庐山的自然景点，如果不识其文化底蕴，就不识其真面目；不只是自然景观，更是有文化底蕴的文化景观。

第二章

庐山东线

第一节

芦林湖旁的博物馆

芦林湖

芦林湖与山雾

芦林湖位于海拔 970 米的山上，被四周比湖面高百米或以上的山峰环抱，冬暖夏凉，景致优美。此处本是芦草丛生、野兽出没的谷地。1954 年，地方政府于玉屏、星洲两峰之间，筑坝蓄水，次年建成。大坝高 32 米，长 120 米，宽 12 米。全湖面积约 9 万平方米，蓄水 120 万立方米。

芦林湖湖水，碧清如镜，群山倒影其中，湖光山色，相映成趣。湖心有两个秀丽精巧的小亭，为湖面增光添彩。

沿着芦林湖顺、逆时针都可以走到“芦林一号”。“芦林一号”距离芦林湖，有约 100 米的直线距离。中间有一大片草地和树林，树木参天，鲜花竞放，不时还有鸟飞起。从湖边去“芦林一号”，需要先穿过环湖公路，然后朝着北偏东方向，走过一百多米的林中步行道，就可以到达“芦林一号”的大门。之所以称为“芦林一号”，是因为那时整个湖边没有别的房子，单单只有这

大门

博物馆正门

芦林一号

一栋别墅。1982 年我们参观时，大门的牌子上只有“毛泽东同志旧居”和“芦林一号”的字样。当时讲解员还提醒，房屋内部是不允许拍照的。

1984 年，根据上级指示，“芦林一号”改作庐山博物馆，大门左门柱上新增了“庐山博物馆”门牌，而且也允许在景点内部自由拍照了。

“芦林一号”，房屋主体是四合院式，中间有约 340 平方米的矩形天井，四边是内走廊，内庭全为大玻璃窗，建筑风格堪称是古典与现代的完美结合。

毛泽东同志的卧室在天井南边，大门的西侧，陈设简朴，放有一张大床，靠窗置一张大写字桌，窗户边还搁一套旧沙发，显得静谧、空荡，似中南海丰泽园的故居。

毛主席卧室

卫生间、浴室与卧室以一个小门连通。

毛泽东同志的旧居，本来是不向游客开放的；1982 年时，我们这些到庐山休养

卫生间和浴室

的国家职工，凭介绍信，可参观；后来改为博物馆，才向游人开放。

庐山博物馆中的其他房间，现在被辟为展览室，各有其展览主题，反映了庐山历史文化的辉煌。

庐山博物馆展品有当地出土的古代青铜器和历代陶瓷，有唐宋著名书法家颜真卿、柳公权、米芾、黄庭坚等在庐山的手书碑拓，有明清著名书画家唐寅、郑板桥、朱耷的字画卷轴，最珍贵的则是《五百罗汉图》《华严经》和水晶佛珠，皆属国家一级文物。

人文展

地质展

罗汉展

第二节 美庐往事

东线不少景点涉及国民党时期的夏都往事。从“美庐”讲起，有助于简而明地介绍相关景区、景点。

1926 年 12 月 4 日，蒋介石第一次上庐山。此后，国民党有 20 余次重要会议是在庐山召开的。20 世纪 30 年代后，庐山成为国民政府的夏都。1932 年，蒋介石命令行政院政务处何廉筹办行政院暑期迁移牯岭办公事宜。同年 5 月 31 日，行政院迁移至牯岭。

庐山成了南京政府的夏都后，军政要员和社会名流上庐山买别墅或建别墅达到了高潮。

牯岭河东路的 180 号别墅是洋人建的别墅中较好的。该别墅于 1903 年由英国兰诺兹勋爵建造，1922 年转让给赫莉太太，后来为宋美龄所有。有人说，赫莉太太与宋美龄私交颇深。1933 年夏天，蒋介石夫妇在此幢别墅居住；

美庐与法国梧桐

1934年，赫莉太太将这幢别墅作为礼物赠送给宋美龄。另一种说法是，1933年，宋美龄花钱买下了该别墅。

河东路180号别墅位于牯岭的中心地带。当时，南京政府的有关机构，办公地址多在牯岭四周，所以，180号别墅可以说是庐山夏都行政机构的中心。该别墅相对于其他别墅，房间较大，光线较好，院子大，花木多，还配有大阳台以及凉台。国民党时期的很多重要的政治决策是在这里制订并下达的。蒋介石给这座别墅取了个有双关意思的名字——“美庐”。

蒋介石手书

美庐别墅比较大，主楼有两

美庐

宋美龄卧室

层。配楼是餐厅、警卫人员用房等。在院子里还有一个防空洞。

房子建在约两米高的平台上。参观美庐，要登上十多级石阶。进入主楼一层，迎面是中西合璧的会客厅，紧邻客厅往右是宋美龄的卧室。卧室内陈设基本保持原貌，居中是一张双人厅床，用英国优质木料制作。床的一侧放置一雕花梳妆台。卧室旁边是洗浴房和卫生间。

楼上，蒋介石用作自己的办公室、会客厅、卧室。卧室的配置与宋美龄的卧室差不多。办公室的斜对面是秘书兼侍从室第二处主任陈布雷的办公室兼卧室。办公室的一侧，分别是凉台和阳台。现如今，美庐的二楼不对外开放，展品如中正剑等都移到一楼展出。

一楼展出的主要是跟美庐相关的一些物品，比如美庐的历史老照片、历史信件、宋美龄弹过的钢琴、菲赛尔冰箱、宋美龄的画作等。

中正剑

钢琴

冰箱

第三节 会议旧址等三大件

自1933年6月开始，国民党在庐山海会寺和白鹿洞书院开办军官训练团。那时庐山没有公路，来往不方便，而且建筑、场地使用起来也十分受限。1935年，国民党政府在牯岭建起庐山三大建筑——传习学舍（军官训练团宿舍）、大礼堂和图书馆（简称三大件），解决了召开各种大会和训练军官场所受限的问题。军官训练团随即也从山下搬到了这里。

庐山会议旧址

大礼堂，分上下两层，一楼有会客厅和放映室；二楼是大礼堂和休息室。新中国成立后，大礼堂改名为“庐山人民剧院”。中国共产党中央委员会庐山会议曾在此召开。“庐山人民剧院”也称“中国共产党中央委员会庐山会议旧址”，简称“会议旧址”。

人民剧院

原会场

如今，人民剧院的二楼还完整保留着1970年中共九届二中全会的原会场。

庐山大厦

“传习学舍”就是现在的庐山大厦。当年，除了军官训练团学员入住这里，重要会议的与会者也入住此地。新中国成立后，中共中央在庐山召开大会，代表们也是入住庐山大厦。1984年，庐山大厦改建为对外营业的酒店，可谓是庐山最大的酒店。庐山大厦地势较高，房间通风较好，不那么潮湿，夏天在这里住，较舒适。

庐山抗战博物馆

图书馆，是三栋联立的中国宫殿式建筑，里面还有小礼堂；2009年5月维修后改为庐山抗战博物馆，于2009年9月26日正式开馆，馆名“庐山抗战”由吕正操将军题写。

三大建筑前边的古树很吸引人，树姿各异。最大的，两人都合抱不过来。当地老人说，这样的古树原本很多，洋人李德立的公司为了建别墅，砍伐了许多古树。日本侵略军也砍伐了许多古树，木材都

庐山大厦

旧址门牌

大厅

古树和巨石

被运走了。中国人自己在庐山整理地基建房，不但不乱砍滥伐，连有一定观赏价值的石块都会保护起来。

1937 年 7 月 7 日，日军挑起“七七事变”，发动全面侵华战争。1937 年 7 月 17 日，蒋介石在庐山召开了由各派人士参加的座谈会，提出：“地无分南北，年无分老幼，无论何人，皆有守土抗战之责任，皆应抱定牺牲一切之决心。”此次近代史上有名的“庐山谈话会”正是在图书馆小礼堂召开的。

庐山抗战博物馆以“国共合作、全民抗战与庐山”为主题进行展览，以“国共合作在庐山”“庐山孤军抗战”“国民政府夏都”“庐山图书馆专题”等为主要展示内容。

小礼堂复原了“庐山谈话会会场”。

庐山抗战

庐山谈话会会场

第四节 庐山恋影院与吉尼斯世界纪录

美庐在长冲河东岸边，过了河走不远，就是庐山恋影院。这家电影院只播放电影《庐山恋》，不播放其他电影。

庐山恋影院

《庐山恋》是黄祖模导演于1980年以庐山为背景拍摄的，是“文革”结束后我国首部爱情电影。电影《庐山恋》很好地展示了庐山的风光。游客最好在游览庐山相关景点后再去庐山恋电影院观看《庐山恋》，可能会更有意思。

吉尼斯世界纪录

当年《庐山恋》在庐山公演后，观影的人很多。庐山管理部门特意建了一座电影院，命名为“庐山恋影院”，专门播放《庐山恋》。20世纪80年代以来，庐山恋影院几十年来一直坚持全年365天，天天重复放映该片，从未间断，从而创造了两项世界纪录：电影《庐山恋》是“在同一家影院常年坚持重复放映次数最多的影片”；庐山恋影院是“几十年来一直坚持全年365天，天天24小时不断重复放映《庐山恋》，从未间断的影院”。这两项纪录被列入吉尼斯世界纪录。影片中男女主角一吻的画面，被誉为“中国银幕第一吻”；女主角在该片中所换的43套服装亦为经典，被影迷津津乐道。

游客去庐山恋影院看《庐山恋》，任何时间去都能买到票；有了票，任何时间都可进场；进场后，总有空座位，观众可任意坐；看完想再看一遍，也可接着看。因为影院24小时都在放映，一般都有人正在观影，所以观众进场时，要轻手轻脚，找座位要弯腰低头，以免影响他人。

第五节 我国第一座亚热带高山植物园

庐山植物园，位于庐山东南含鄱口山谷中，距离会议旧址约15分钟车程。

庐山植物园，创建于1934年，原称庐山森林植物园，是我国第一座亚热带高山山地植物园，占地面积5000余亩，建有松柏区、杜鹃园、岩石园、蕨类苔藓园、珍稀植物园、温室区、猕猴桃园、草花区、东亚—北美间断分布植物专类园、乡土灌木园、槭树园、药圃、苗圃和茶园等10多个专类园区，迁

庐山植物园

百年树廊

水杉林

杜鹃园

地保育植物5000余种，其中珍稀濒危植物约140种，是我国保护生物多样性的重要基地。

庐山植物园与69个国家和地区的271余个植物研究机构建立了友好关系，是国际植物园保护联盟（BGCI）的成员。庐山植物园被授予“全国科普教育基地”“全国青少年科技教育基地”“全国野生植物科普教育基地”等称号。

有位青年很热情地给我们讲解。我以为他是植物园的工作人员，后来我才得知他也是一名普通游客。他是庐山植物园的粉丝，一年四季都会来植物园观赏。他告诉我们，松柏园区很大，松杉类植物引种丰富，露地已栽植260余品种。南北松杉竞秀，东西柏桧争荣，其中有美国的花旗松、日本冷杉、丽江云杉、被誉为中国活化石的水杉、我国特产金钱松等，有的甚至是珍稀濒危品种。松柏园，被誉为松、杉、柏、桧的活标本园。游人走在林荫道上观赏，树木参天，十分惬意。

杜鹃园，有国内外各样杜鹃300多种，有的是珍稀濒危品种。迟春时节，各有特色的名贵杜鹃花竞相开放，万紫千红，灿烂无比。

槭树林，栽培鸡爪槭、中华槭、五裂槭、地锦槭等槭属植物20余种。槭树科的树木，全世界有199种，在我国已知有151种。槭属植物中，有不少是世界闻名的观赏树种，其中也有珍稀濒危品种。槭树，树姿优美，叶形秀丽。

槭树林

鸡爪槭

秋季，叶子会渐变为红色或黄色，还有青色、紫色等。秋叶的红艳红叶观赏期，长达两个月。有的树，春叶也是红艳的，有人称之为红枫，叶色常年红艳。而小叶青皮槭，叶柄或叶脉能出现异色。至于两色槭，叶片上面呈现嫩橄榄绿色，下面则是淡紫色。每到秋季，“染得千秋林一色，还家只当是春天。”这里的红叶成为庐山秋“如醉”的代表景观。

槭树是世界著名的庭院树。如上面所说，到了秋季，槭树叶不只是变成红色，有的会变成金黄色或紫色，甚至其他颜色。但有的槭树，其叶全年都是红的，秋天红得更深，被人称为枫树，比如“红枫”。实际上，槭和枫是不同科的。枫属于金缕梅科，叶互生，仅三裂；槭则属于槭树科，叶对生，五裂、七裂。历代的文人墨客对槭树的树叶青睐有加，吟咏描绘之诗文屡见不鲜。

如今的庐山植物园，具备科学的内容、美丽的风光，以其自然风景式造园风格而闻名。它将自然风景园林格调与庐山天然风光融为一体，给人们美的享受。

庐山植物园创始人为中国现代植物学奠基人之一的胡先骕和秦仁昌、陈封怀。他们含辛茹苦，日夜奔波，才办起庐山森林植物园。陈封怀为了更好

植物园槭树资料图

植物园温室

地建设庐山森林植物园，考入英国爱丁堡皇家植物园，专攻园艺学，研究报春花分类。1936年冬，陈封怀谢绝英国导师的挽留，说："报春花发源于中国，我的根也在中国！"他带着英国爱丁堡皇家植物园600余号植物标本回庐山，任技师兼植物园副主任。这些科学家，放弃繁华城市的舒适生活，上庐山办植物园，"疗国贫"，实现"种树"富民、强国的愿望。这才给后人留下了这笔宝贵的财富。

抗战时期，日寇进逼九江，人们纷纷逃离，陈封怀不愿离开植物园。直到日寇迫近牯岭，他才"噙泪告别庐山"。日本投降后，陈封怀回到庐山植物园，满目荒凉，断瓦残垣，建筑全部被毁，荆棘、野草丛生，过去引种栽植的珍贵植物损失殆尽，经费来源又断绝。在这样极端艰难困苦的条件下，

华夏之园石刻

北大门

陈封怀出任庐山植物园主任，首先开垦荒地育种苗，用向国内外出售种苗等生产自救办法，筹集资金。同时，他在大学兼职，定期步行下庐山，以授课所得，贴补植物园的支出。

陈封怀虽然身在庐山，却心系全国植物园。他帮助浙江杭州建立杭州植物园。1954年后，中国科学院要他去建设并管理南京中山植物园、武汉植物园、华南植物园等。陈封怀被誉为中国植物园之父。

在庐山期间，我们多次前往庐山植物园，行走在陈封怀生前种植、保护过的红枫旁或他常走的林荫道上，我们与其说是在观赏，不如说是在凭吊。

第六节 含鄱口远眺

自植物园北大门出来，沿着山路步行十几分钟便来到含鄱口。

含鄱口

含鄱口之所以出名，是因为在庐山观日出，含鄱口的含鄱亭为最佳地点，同时在含鄱亭东南向略略低头，能远眺鄱阳湖。如果天气晴朗，没有云雾阻隔视线，在含鄱口可以看到鄱阳湖上晨光熹微，天水一色，一轮红日脱湖而出，金光万道，霎时湖天尽赤，半壁河山成了一幅灿烂绚丽的画卷。

在含鄱口至高处朝北偏东远眺，能见到大月山。大月山是庐山第二高峰，海拔1453米，只比第一高峰汉阳峰低21米。大月山在我们所住休养所的东边。休养所的同志说，我们住处距大月山山顶约1000米，其中有约500米“小面包”能开上去的路。

一天午后，我与两位伙伴登上大月山山顶。山顶视野开阔，环视、俯视四周，特别是向西远眺、俯视，牯岭镇许多景点，历历在目，别有一番情趣。

含鄱口还有一处绝妙的景观，那便是登高远眺五老峰。五老峰的侧面轮廓仿佛是人的侧脸。

侧脸

第七节 五老峰胜景

从含鄱口可以远眺五老峰；从含鄱口至五老峰，坐旅游班车也只有一站地，大概 10 分钟车程。

山脚远眺五老峰

五老峰位于庐山的东南侧，海拔1436米。我读了徐霞客的《游庐山日记》，才知五老峰是一座大山，绝顶平剖，上面分为五枝，五个山峰仿佛五位老人排列坐在一个山岗上。

由山门开始登山，需要经过大概一小时的登山道才能到达一峰，非常消耗体力。

一峰

一峰有一座亭子和摩崖石刻。在亭中可以俯视山脚景色。

一峰亭

二峰

二峰距离一峰很近，从一峰步行，约三四分钟即到。

二峰峰顶有非常多的巨石，走到巨石的最前端，可以眺望三峰，并俯瞰山坳。

摩崖石刻

二峰

近看三峰

三峰

三峰距离二峰则稍远，从二峰至三峰，大致需要行走二十多分钟的山道。在途中会看到一块凌空巨石。

凌空巨石下方是五老洞和万古云霄石刻。

凌空巨石

相较于二峰，三峰的巨石则较为平坦。巨石上刻有“俯视大千”“天章云汉”“日近云低”等字样。

万古云霄

五老洞

石刻

三峰顶

五老峰的大部分山体，宛若刀削一般，很多裸露的直上直下的石壁，寸草不生，非常惊险。第三峰虽然不是最高的，却是最险的，奇岩怪石，千姿百态，雄奇险秀。

天气晴好之时，站在三峰远眺，四周山脉以及远处的鄱阳湖一览无遗。

四峰

四峰紧挨着三峰，只相距几十米，是五老峰中最高的山峰。

跟龙首崖一样，五老峰由于地势险峻，也发生过坠崖事件，现在也都装了护栏。

四峰顶

四峰俯瞰

五峰

五峰距离四峰比较远，需要先沿着石阶下行，再上行，大概需要步行二三十分钟。

五峰顶部有一块像神龟的巨石，有“目无障碍”的石刻。

李白写有《登庐山五老峰》，赞曰：

庐山东南五老峰，青天削出金芙蓉。
九江秀色可揽结，吾将此地巢云松。

李白将五老峰比喻为青天削出的金莲花。他曾在五老峰后山建筑太白书堂，在那儿住了半年。

在这里要给大家提醒的是，由于五老峰正对着鄱阳湖，所以长年水汽很足，不管天气晴朗与否，就算是盛夏烈日炎炎，云雾都可能转瞬即来；云雾一来，基本就什么也看不到；最严重时，能见度不足一米；游客想要登高远眺，只能下次再来。有的游客甚至连续爬了五次五老峰才赶上一次没有云雾的天气。所以游客对此一定要有心理准备。

五峰背后的山谷有青莲寺，东边是三叠泉。站在山顶，朝东南看去，鄱阳湖静静地躺在山脚，而朝西北远眺，颇有众山皆小的豪迈感。

龟石以及石刻

第八节 不到三叠泉 不算庐山客

沿五老峰的山道可以直接去往三叠泉。如果你是从三叠泉景点的山下去往景区，如今则可搭乘进山的观光列车。轨道铺设于丛林之中，列车往来穿梭，十分有趣。

不管你选择哪条路径去往三叠泉景区，都避不开三叠泉的3300个台阶。只有经过3300个台阶的洗礼，你才能看到三叠泉瀑

缆车轨道

石阶

布的真容。1982 年我们去三叠泉时的石台阶可比现在差多了，旁边连护栏都没有。

庐山的瀑布很多。三叠泉瀑布是庐山瀑布中落差最大的，达 155 米，水量也大，居庐山所有瀑布之首。此瀑布的落差分为三叠，或者三段，故名三叠泉。

三叠泉瀑布被誉为“庐山第一奇观”，故有“不到三叠泉，不算庐山客”之说。这句话现在已经成了标语，印在庐山工作人员的工作服上。

三叠泉瀑布发源于大月山和五老峰。雨季，瀑布水量更大，更壮观。尤

三叠泉

其是站在水潭底部，抬头往上看，能看到三叠泉水，非常震撼。

1982 年的时候，水潭旁边有完整的“碇步”。所谓“碇步”，就是每隔三四十厘米，放一块石头，露出水面，上面是平的，便于游人落脚。两石之间为出水口。庐山不少地方现在还保存有完整的碇步。三叠泉的碇步，如今已经被浇筑连接起来了，只剩下两个出水口。

我对 1982 年那次见到的碇步，印象比较深。当时由于潭左边较为宽阔，游客都会通过碇步去左侧观景。当时，一位游客说：“这里的位置如同坐井观天，山上下雨，这里不会马上知道，刚才在山上就感到要下雨了，天气预报也说今天有雨。这时候，说不定山上已经下雨了。如雨较大，这潭水很快就会上涨，碇步会被潭水淹没，我们就会被困在这里。”经他这么一说，大家赶紧都回到右边来。如今的三叠泉景区建起了观瀑台，游客的安全有了保障，但在观景台上没有最佳的仰视观景位置。从台边石阶下去站在潭边，或乘小船至潭中，是最佳的仰视观景位置。

落差 155 米

三叠泉深潭顺着地势往

清潭

观瀑台

下延展是大峡谷。峡谷中有非常多的巨石，有“天涯喷雪”等诸多石刻。

碇步

三叠泉瀑布虽然非常壮观，但不如庐山瀑布（李白瀑布）美妙，可有人竟然把它当成是李白瀑布。殊不知，三叠泉瀑布发现较晚；直到宋光宗绍熙二年（1191年），才被一砍柴人发现。唐代的李白是肯定没有到过三叠泉的。

大峡谷

第三章

庐山南线

三叠泉游毕，我们一行人要去庐山南线游览。庐山南线过去基本不被提及，是因为山南的秀峰、观音桥、白鹿洞书院等景区过往多被纳入庐山东线，甚至于更远的鄱阳湖和石钟山景区也被纳入东线。如今，庐山山南的一些重要景点已复建（如南康爱莲池）或即将复建（如归宗寺），特别新建了东林寺分寺——东林净土苑，南线日益受到重视。今后，南线各景点的游客肯定会多起来。

从三叠泉景区乘坐缆车下山可以直接到达庐山东门，东门距离庐山南线的白鹿洞书院只有几分钟车程。由此去白鹿洞书院等南线景区，没有山上那种方便的旅游班车，游客最好包一辆车。

第一节 白鹿洞书院

书院西大门

书院的来历

唐朝贞元年间，河南洛阳人李渤与其兄李涉在白鹿洞书院所在地的山谷隐居读书。他驯养了一只白鹿。此鹿通人性，常跟随左右。因此，人们称李渤为白鹿先生。白鹿先生读书的山谷，数山环合，俯视似洞，因此，人们称此地为“白鹿洞”。李渤就任江州（今九江）刺史，旧地重游，便在读书旧址（即白鹿洞），修建台榭，疏引山泉，种植花木。此后，白鹿洞名重一时，成为一处游览胜地。

五代时期，官府曾在此设庐山国学，亦称白鹿国学、庐山国子监，与金陵国子监齐名。白鹿国学成为当时著名的学府，采用升堂讲说或讲释的教学形式，重视讨论、辩论。白鹿国学成为那时的文化中心。生徒多时，达几百

古木参天

人，不乏知名人士。《全唐诗》收录不少庐山国学师生的诗篇。北宋初年，在此地办学者将所办学府改名为“白鹿洞书院”，为当时四大书院之一。白鹿洞书院之名从此开始，但不久即废。宋仁宗皇祐五年（1053 年），礼部郎中孙琛为了振兴白鹿洞书院事业，在其原址上修建了十间房屋，并定名为“白鹿洞之书堂”，苦心经营。

意大利的博洛尼亚大学建于公元 1088 年，被认为是世界上第一所大学，被誉为大学之母。白鹿洞书院始建时间比博洛尼亚大学早点，但时兴时废。

“白鹿洞之书堂”最终还是难逃废弃的命运。南宋淳熙六年（1179 年），理学家、教育家朱熹任南康（今九江星子县）郡守。朱熹到白鹿洞书院遗址察看，决定复兴白鹿洞书院，奏请孝宗批准赐“白鹿书院”额及御书，筹款修建、扩建房屋，征集图书，聘请名师，广集生徒，亲自讲学，还制订了著名的白鹿洞学规——《白鹿洞书院揭示》，延请海内外名家如陆九渊、王阳明等来此讲学或辩论。因理学家朱熹和学界名流陆九渊等曾在此讲学或辩论，白鹿洞书院成为传播理学的中心，不仅名声大振，而且成为宋末至清初几百年讲学式书院的楷模，被誉为“海内第一书院”。

经历代文人学者和热心教育者精心耕耘，白鹿洞书院有别于庙堂式的州、府、县学，令人向往。这是白鹿洞书院一千余年来生命力所在，精魂所在，以及魅力所在。

白鹿洞书院的建筑群

白鹿洞书院路南有一条小河，名为“贯道溪”，取自《孟子》“吾道一以贯之”。

白鹿洞书院的建筑群由青瓦白墙围着，里面有五个院落，按南北中轴线的布局，坐北朝南。从西向东排开，分别是先贤书院、棂星门院、白鹿洞书院、紫阳书院、延宾馆。每个院落也都有向南朝贯道溪的大门。

贯道溪

元末，白鹿洞书院毁于战乱。现存建筑，多是明清重建或扩建的，但至新中国成立前夕，多破损不堪。新中国成立后，政府仿照明清建筑维修或重建，以石木或砖木结构为主，屋顶为人字形硬山顶，颇具清雅淡泊之气。

先贤书院

丹桂亭

碑廊

对联

先贤书院大门上四个字中的“贤”字，上部写成“忠”字和“臣”字，用意是只有“忠臣”，才能是“贤”者吧。

先贤书院里的主要建筑是“丹桂亭”，亭内石碑上书“紫阳手植丹桂”。紫阳是朱熹的号。亭子左右各有一棵桂树，长得很茂盛。

朱子祠

丹桂亭的东、西、南三边都有碑廊，摆放着古碑刻一百多块，其中有不少是名家手笔。廊柱上多有楹联。东厢廊廊外柱上有楹联：十步之内有芳草，广厦所育皆英才。

笔者认为将碑刻和楹联等一一复制下来，按一定体例加以编辑、注释，会是一部很好的文化读物和字帖。

丹桂亭北面，西侧是报功祠，明正统年间建，内部供奉李渤、周敦颐、朱熹等有功于白鹿书院的人；东侧是朱子祠，清康熙年间建，上悬康熙所赐匾额：学达性天。

白鹿洞书院的每个院落与近邻的院落，都有门和通道相通。

棂星门院，院门是六柱三门五楼冲天式牌坊。棂星即文曲星，是主宰文

长廊

通道

运科名的神。以之给此门取名，意思是说，从这门里出来的人，是有文运，会有功名的人。

门内（牌坊内）有一水池，称为“泮池”。听导游讲，古代有位重视文化教育的官员住在泮水边，他的住处就称泮宫，于是文人的房前若无河、湖，

棂星门

正学之门

礼圣殿

就造一水池，称为泮池。此处牌坊内泮池的西侧，有西配殿，也称西泮斋，里面存有历代名人与白鹿洞书院的资料，如有李渤的半身像等。东侧的东泮斋里有江西历代进士名录。

棂星门始建于明朝中期，距今已有500余年历史，可谓是文物了。而其他的建筑，多是新中国成立后仿照明清风格维修或重建的。

进礼圣门，往北走，迎面是礼圣殿，是祭拜孔夫子的地方。“孔圣殿”竖额下是“生民未有”横额。棂星门院，可谓是祭拜孔子及其门徒的地方。

殿内正中有石刻孔子像，在石刻孔子像上面，有康熙手书“万世师表”四个大字。两边有朱熹题写的“忠”“孝”“廉”“节”四个大字，左右有石刻线雕四圣像。四圣是复圣颜子、述圣子思、宗圣曾子、亚圣孟子。

自西向东第三个院落，便是“白鹿洞书院”或“白鹿书院”。1982年，我们去参观时，大门上是“白鹿书院”四个字；2005年再游庐山，大门上则是“白鹿洞书院”五个字，与书院西大门同名。

康熙御书

进入书院，有栋二层楼的御书阁，存放御赐《十三经注疏》《廿一史》等书。阁外南面正中有“御书阁”竖额。御书阁二楼，四周有走廊，阁外一处有一对联：泉清堪洗砚，山秀可藏书。

孔子像

由御书阁往里走，穿过王阳明的

书院

雕像，便来到明伦堂。明伦堂相当于现在的大教室，可容纳上百人。据说，当年辩论会或者参加人数较多的课程，都会在这里举行。

明伦堂见证了白鹿洞书院区别于庙堂式的州、府、县学，采用升堂讲说或讲释的教学形式。白鹿洞书院是我国课堂讲学式书院的楷模。

作者 1982 年老照片

课堂中间展示有天下闻名的《朱子白鹿洞教条》。

五教之目：父子有亲，君臣有义，夫妇有别，长幼有序，朋友有信。

为学之序：博学之，审问之，慎思之，明辨之，笃行之。

修身之要：言忠信，行笃敬；惩忿窒欲，迁善改过。

处事之要：正其谊，不谋其利；明其道，不计其功。

接物之要：己所不欲，勿施于人；行有不得，反求诸己。

白鹿洞书院的“洞”，只是当时人们对一种地形的比喻。书院这里并无洞。明代南康知府王溱设立讲修堂于此书院的后山，可能觉得“白鹿洞”有名无“洞”，就在明伦堂的后山坡上修筑了个“洞”。白鹿洞书院，真的有“洞”了。何岩继任南康知府后，又请石匠雕了一跪姿石鹿摆放在洞中，洞上还修造了一个高台，名为“思贤台”。

第四个院落是紫阳书院，现在是白鹿洞书院工作人员工作和生活的院落，不对游人开放。

御书阁

明伦堂

内景

教条

白鹿洞

第五个院落是延宾馆，是近些年新建的；现在作为宾馆，对外营业。

白鹿洞书院的尽头是办公楼，同样充满了古建筑的魅力。

白落洞书院建筑群中，不少柱子上留有著名书法家写的楹联。我在这里收录两副供大家赏析。

此地正好寻孔颜乐处，

到来莫仅作山水奇观。

祠前紫阳，院纪白鹿。

道致广大，学尽精微。

紫阳书院

办公楼

第二节 观音桥里有甘泉

观音桥景区在白鹿洞书院的西边，大概 25 分钟车程。

正门

观音桥是庐山保存最完好的石拱桥，始建于北宋大中祥符年间，因石拱桥架在三峡涧上而叫三峡桥。清末，当地的老百姓在三峡桥南头修建起观音庙，三峡桥改称观音桥。

观音桥

观音桥是一座石造单孔桥，长24.4米，宽4米，桥面铺以大石，两侧砌有石栏，桥孔内圈由七行长方形石首尾相衔，凹凸榫结，渐弯呈弓形。桥孔正中石块上刻有当年造桥工匠的名字：江洲匠陈智福，弟智汪、智洪。观音桥被誉为“南国桥梁建筑上的一颗明珠”“江南第一桥”。

桥身

观音桥下便是三峡涧。在有了栖贤寺后，三峡涧也称栖贤涧。其涧水来自上游的白鹤涧、九奇峰涧、汉阳峰涧和五老峰涧等。所以，三峡涧是庐山最大的溪涧。雨季，涧水狂流奔注，惊波喷空，形成一些惊险且各有奇观的溪潭。具有代表性的潭有二十四个，如玉渊潭、浴仙潭、金井潭等，素有“二十四潭争一桥”之谓。

三峡涧和观音桥

天下第六泉

徐霞客游庐山，至栖贤寺附近，没有进寺庙，而是急于去观览三峡溪涧的奇观。

三峡涧这种地貌是几百万年前地壳运动造就。在这一带，第四纪冰川遗迹处处可见。虽然三峡溪涧水势在雨季非常凶猛，但是观音桥千百年来，任凭桥下“银河倾泻，起蛰千雷”的涧水狂奔撞击，一直安然无恙。如今，经受汽车重压，仍岿然不动。游人称赞：当年陈氏兄弟凭着双手凌空飞架石材建造的这座石桥，神设鬼施，巧夺天工。

观音桥右边为闻名天下的“天下第六泉”。传说，茶圣陆羽将全国水质分列为二十个等级。他品尝过这里的水后，认为其水质位列第六。此后，该泉水便称为“天下第六泉”。庐山还有“天下第一泉”，同样在庐山南线，位于康王谷景区之中。

通过观音桥后，路旁有一座慈航寺。从慈航寺继续往前走，就来到中正行宫。

自1933年6月开始，国民党在庐山海会寺和白鹿洞书院开办军官训练团。那段时期，蒋介石常到庐山海会寺和白鹿洞书院军官训练团视察。蒋介石在庐山虽已有太乙村桂庐以及河东路180号美庐，但离海会寺、白鹿洞书院较远，当时山上又不通公路，来去不方便。1934年，江西省政府主席熊式辉命人，在距海会寺、白鹿洞书院较近的庐山观音桥旁边的原匡山草堂旧址上，建起一座两层楼房供蒋介石居住。蒋介石每在庐山时，喜欢去中正行宫住一住。

蒋介石和宋美龄在这处行宫边上种了两棵柳杉，人称“情侣树”或“夫妻树”。渐渐地，两棵柳杉喧宾夺主，行宫反而不怎么受游客注意了。特别是情侣或夫妻，到此景点，大多要在两棵树下拍照留念。

慈航寺

从中正行宫折回至观音桥，沿着溪涧小道，一路北行，沿途经过浴仙亭、玉峡亭、送子潭等景点，最终到达观音桥景区的北门，栖贤寺便在此处。

中正行宫

夫妻树

栖贤寺坐落于石人峰下，北距牯岭镇、南至南康镇均二十里。寺庙始建于南齐永明七年（489 年），初名宝庵寺。据说，李渤少时曾在此读书；当京官后，他请当时的高僧智常禅师至该寺任主持，并支持智常禅师革新旧制。智常禅师全力振兴寺务，新建寺宇，再塑佛像，使该寺兴盛起来，成为山南著名的寺庙之一。智常禅师为纪念李渤曾在此读书，将该寺改名为栖贤寺。唐宋时期，许多文人都来过这里，留下不少诗作。

栖贤寺往东是玉渊潭，潭边的石头被流水冲刷得又光又亮，如玉一般，因而被称为玉渊潭。不过从视觉上看，石头就是石头，看不出玉的感觉。也有人说，那儿的石头和着水花，远一点看，像玉雕的羊，“羊”

栖贤寺

玉渊石刻

玉渊潭

与“渊”音似，故称玉渊潭。但是实际上看，怎么也看不出像羊。景区对“玉渊”有如下说明：南宋初状元张孝祥手迹“玉渊”二字刻石坡上，故潭名玉渊。可是，张孝祥为何写这两个字于此呢？是先有玉渊潭之名还是先有“玉渊”二字？目前对此还是没有定论。

橹断泉

玉渊潭，潭口不大，呈圆形，但潭水很深。按照当地人的说法，四两丝线坠着石头放下去都到不了潭底。

玉渊潭边的岩石下方是橹断泉。泉水清冽甘甜，用瓶子或桶灌装，瓶身或者桶外侧都会瞬间凝结水珠，可见其清凉程度。很多住在九江市区的人会带着七八个大水桶，驱车几十公里来这里装水回去，烧茶饮用。

第三节

冷落的太乙村

太乙峰下太乙村

陈诚别墅

太乙村在观音桥景区的北方、太乙峰的南麓，该村因此得名。前往太乙村，需要驱车上山，几乎需要开到太乙峰山峰正下方。所以说，去太乙村等于是上了一次庐山。

村内石径纵横，别墅风格各异。建房时，为了保护自然环境，人们没有乱砍树木、乱炸山石，一栋栋别墅因地制宜，建在不破坏自然环境的地方。因此，村内房子比较分散，大多循山中浅涧岸边的位置，依山势而建。

别墅的名称都非常文雅，比如晚庵、三柳巢、桂庐（蒋介石的别墅）、爱庐、同松别墅等。康有为、冯玉祥、李四光等都在太乙村留住过。

自1926年，蒋介石几乎每年都到庐山避暑。蒋介石上庐山，会到太乙村桂庐住一住。1927年，蒋介石和宋美龄结婚。桂庐的女主人是宋美龄。窗外

历史资料图

林间别墅

的桂树就是宋美龄所种。

太乙村西南是九奇峰，俗名火焰山，有奇山、奇崖、奇石等景观，宛若仙境。传说秦始皇曾登此峰。电视剧《天仙配》《西游记》有些外景在九奇峰拍摄。游览太乙村，可顺便游览九奇峰一带景观。

太乙村到含鄱口有索道，长825米。不过如今的太乙村，可以说人迹罕至，不仅居民不多，连一些别墅都荒废了，游客也少。

第四节 李白与秀峰瀑布

自太乙村驾车下山，继续西行大约 30 分钟，即可到达秀峰瀑布；最初，东边的称马尾瀑，西边的称黄岩瀑，后来因为开先古寺建立在两个瀑布的下面，故改名为开先瀑，又因为康熙手书“秀峰寺”赐名给开先古寺，开先瀑便跟着寺庙一起改了名，这才有了现在的秀峰瀑。

在山脚下较远的地方就能看到瀑布，左侧山峰便是香炉峰和双剑峰。此时若吟诵李白的《望庐山瀑布》，十分应景。

日照香炉生紫烟，遥看瀑布挂前川。

飞流直下三千尺，疑是银河落九天。

从秀峰景区大门进入，林荫道右侧便是秀峰寺的山门，上书“第一山”

遥看瀑布挂前川

秀峰寺

三个大字。这三个字为宋代大书法家米芾所写。穿过山门之后便是观音殿。

聪明泉

秀峰寺后也有一处聪明泉。传说李璟读书时常在这里饮用泉水，诗书满腹。北宋大文学家、书法家黄庭坚于元丰三年（1080 年）在此处游览时，题写“聪明泉”。

圆门

从聪明泉出来，经过中正行营，便来到一座圆形石门前，门额上题有“月印龙潭”。两边楹联：千峰竞秀，万壑争流。

二圣碑

此门旁边有两座石碑，名为二圣碑。一座称秀峰寺碑，为康熙所书；另外一座称洒松雪碑，“洒松雪”则是太子胤礽所书。

穿过圆门，沿着林荫

龙潭

龙潭石刻

道往前走，不远处便是秀峰瀑布所落入的龙潭。

龙潭四周有历朝历代的石刻，颇为壮观。

要前往秀峰瀑布，可以选择徒步登山。如今，游客也可以选择乘坐缆车。在此，建议大家乘坐缆车，这样可以直观地感受庐山瀑布由远及近、由高到

缆车

低的全过程。从龙潭折回到林荫道，沿着一条小径便可以到达缆车乘坐处。

“庐山瀑布”盛名在外。有人认为李白诗中所形容的庐山瀑布，不是指庐山某一处瀑布，而是泛指庐山的所有瀑布；有人则认为李白《望庐山瀑布》中的瀑布是指三叠泉。我曾看到有人在文章中这样形容：“最为著名的三叠泉瀑布，落差达 155 米，有‘飞流直下三千尺，疑是银河落九天’之美句”。

李白的诗句断不是指三叠泉瀑布。李白虽在五老峰后三并风迭上太白书堂居住过半年，屏风迭下便是三叠泉瀑布跌落的九迭谷，但李白一直没有发现、没有到过三叠泉。李白于 762 年去世，而三叠泉是 1191 年才被发现。文献史料证实秀峰瀑布（或秀峰西瀑）才是李白瀑布。我们细细读一读李白的《望庐山瀑布》《庐山瀑布》两首诗，就会辨明李白瀑布的真身。

《望庐山瀑布》

西登香炉峰，南见瀑布水。

挂流三百丈，喷壑数十里。

欻如飞电来[1]，隐若白虹起。

初惊河汉落，半洒云天里。

仰观势转雄，壮哉造化功。

海风吹不断，江月照还空。

空中乱潈射，左右洗青壁。

飞珠散轻霞，流沫沸穹石。

而我乐名山，对之心益闲。

无论漱琼液，还得洗尘颜。

且谐宿所好，永愿辞人间。[2]

庐山瀑本称黄岩瀑，别名瀑布水。诗的第一句，诗人登香炉峰一转身能见瀑布挂流三百丈，喷壑数十里。这跟秀峰瀑布完全吻合。登香炉峰转身南望，则见不到三叠泉。所以从此诗的描述中，我们能确定李白观赏的瀑布正是秀峰瀑布，而不是庐山其他瀑布。第二首诗就更加证实了这个观点。

1　有的版本为“欻如飞来电”。

2　有的版本为“永远辞人间”。

秀峰瀑布与三叠泉的对比

《庐山瀑布》

日照香炉生紫烟，遥看瀑布挂前川。

飞流直下三千尺，疑是银河落九天。

读者自行比较，评断李白描述的瀑布到底是哪一处。我相信看过三叠泉和秀峰瀑布的游客就会知道，三叠泉不符合李白的描述，而只有秀峰瀑布完美地诠释了李白的诗意。

观赏庐山瀑布一定要在瀑布的前方适当的远处看；从其他角度，不论是在瀑布底部，还是在瀑布上方的山崖上，观感都比较一般。我的同伴说，只有从“遥看瀑布挂前川”的角度、距离，观赏庐山瀑布，才能感觉自己穿越

瀑布近景

黄岩寺

历史时空，和唐代伟大的诗人李白联结到了一起。在此建议游客在观瀑亭观赏秀峰瀑布。这是观赏秀峰瀑布的最佳视角和距离。最好是雨季去看。下过几次较大的雨后，瀑布将更壮观。若是再赶上云雾腾起，在此观瀑布就真的恍如梦回盛唐，才能体悟李白登山观庐山瀑布的意境。这已经不是单纯的自然景观，也不单纯是人文景观，而是自然和人类共同创造的景观——文化景观。

乘坐缆车到达山顶，有一座文殊塔，站在塔上可以远眺鄱阳湖。从塔上下来继续前行不远，便到了黄岩寺。黄岩寺为唐代高僧智常所创建。他还复兴了归宗寺以及栖贤寺。

沿着黄岩寺继续前行，穿过一片竹林，就可以看到庐山瀑布的源头。清澈的溪水在此汇聚，一泻而下。溪水旁的一块巨石上刻有“庐山瀑布源头”。

石刻

第五节 王羲之与归宗寺

从秀峰瀑布出来，驾车西行大概20分钟车程，便来到著名的归宗寺景区。1982年我去归宗寺时，这里是看不见寺庙的，因为被损毁后还没有复建。当时我以为白来了一趟。导游说，归宗寺是一个著名景区，在历史上有很高的地位，即便归宗寺建筑没有了，也值得游览，迟早会复建。

东晋咸康六年（340年），著名书法家王羲之任江州（今九江）刺史。他闲暇时游览庐山，看中归宗寺这一带的风景，便在此地的金轮峰下建房。他还在住宅旁修筑了个“洗墨池”，经常（特别是夏季）来此穿林渡水，倚石听泉，养鹅习字。

王羲之离任后，将住宅和洗墨池一同赠给了西域来的僧人达摩多罗为寺院。达摩多罗将此寺起名为归宗寺，取佛语“万化归一，万流归宗”之意。这样，归宗寺就成了庐山第一座寺院，寺院山门上曾有“江右第一山”的横额。

多少年来，归宗寺一直位居庐山山南“五大丛林”之首（丛林指的是大寺庙）。

我们一行人来到洗墨池旁。导游说，池旁的墙壁上本来镶嵌有20多块《宗鉴堂法书》碑刻，依次是钟繇、王羲之、王献之、褚遂良、苏轼、米芾、黄庭坚、董其昌等人的墨书真迹。有一块碑刻格外大，刻的是王羲之写的一个“鹅”字。这20多块碑刻，是很珍贵的文物。抗战时，有几块被日本侵略者的炮火炸损，另有18块被盗走。鹅字碑则完好，可能是因为太重了才没有被盗走。现如今，幸存的碑刻碎片和鹅字碑，收藏在城关镇、南康镇的文物馆里。

鹅字碑

不用说这些碑刻本身，就算是这些碑刻的碑帖和拓片都十分珍贵。

古樟树

在归宗寺旁，树龄千年以上的古樟有9株，千年以下、五百年以上的有19株，百年以上、五百年以下的有1000多株。

归宗寺至今已有1600余年历史，时盛时毁。规模最大时，有殿、阁、堂、

归宗寺与樟树历史资料

宫几十间，寺属山林田园达数百亩。历朝历代，文人墨客驻足于此，韦应物、顾况、白居易、吕洞宾、朱熹、王十朋等在此留下诗篇。这里的一棵古樟树上原本挂有一口八百斤重的铜钟，现与原置于寺内的一口重约万斤的铁钟，一同被收藏在城关镇的文物馆内。

归宗寺北边有金轮峰、石镜峰。石镜峰下的石镜溪有一瀑布，便是著名的玉帘泉。该瀑布很有特点，既不窜崖倾注，又不贴崖湍流，却悬着喷飞，飘飘洒洒，轻扬而下，铺空垂帘。由于流水是从高峭中的崖石铺泻散落，凌空开卷，随风飘动，如吐烟丝，坠潭无声，美而轻妙，就像半空中垂下的一幅玉帘，所以被称为玉帘泉。每当红日射映之际，玉帘泉水雾蒙蒙，会形成一弯彩虹，十分壮丽。

石镜溪边有一块又圆又光滑的大石。传说，这是玉贞娘娘对镜梳妆之处。她在浴仙池（可能指的是石镜溪的一水潭）洗澡，将宝镜挂在峰上对镜梳妆。一次，她领着众仙女沐浴。大家见山色奇丽，风景如画，高兴得翩翩起舞，最后却发现挂在峰上的宝镜不见了，只剩下一块圆石光鉴映人，宝镜变成了石镜。

潭侧下方有一个奇怪的石洞，入口处甚窄小，仅容一人侧身而过，走几步，石洞便开阔起来，里面大约有十几平方米，能容十余人，里面有石头可以用

玉帘泉

来坐卧。传说王羲之常在此练字。这个洞便被称为“羲之洞”。石镜溪中段还有著名的王羲之养鹅的“右军鹅池”。

归宗寺往西1公里处是杏林坛，亦称董奉馆，俗名招仙坛，是三国时祭祀神医董奉的遗迹。董奉，福州人，医术神奇，尤重医德。222年，董奉由南昌来庐山，为民治病不收钱，让百姓种杏树作为他的酬劳。此后，这里便杏树成林。董奉又以杏果换粮去接济穷人。从此，“杏林”就成为中国有德行的行医者的代名词。

归宗寺往南有温泉群，往西南有陶渊明的故居醉石，往东则有陆静修住持过的简寂观等古迹。我们在归宗寺景区停留的时间有限，随后继续匆匆西行。

第六节 东林净土苑

东林净土苑，在归宗寺的西偏南边，东接温泉镇，西邻昌九高速公路，地势开阔，交通便捷，距离归宗寺约半小时车程。

东林净土苑，听来跟东林寺有联系；实际上，它就是东林寺的分寺。由于东林寺祖庭香火极盛，已经难以承受信众所需，于是东林寺便在庐山南麓建了分寺。净土苑是近些年才建立起来的。

由牌楼入寺后，迎面便是天王殿和阿育王柱。

穿过天王殿堂，便是极乐殿。和东林寺祖庭的唐代建筑风格不同，净土苑采用的是宋代建筑风格。

极乐殿后为光严塔，金顶在日光下散发着耀眼的光芒。光严塔是中轴线上的一个标志性建筑，寓“香光庄严”之意，塔共三层，总高约 23 米。

光严塔后是雄伟庄严的大雄宝殿，宝殿后是 949 级礼佛台阶。

天王殿与阿育王柱

极乐殿

光严塔

台阶

台阶的尽头是金刚台，台高四点八米，表面外贴金箔。

东林净土苑最著名的乃是东林大佛。东林大佛于 2013 年建成，高 48 米，宝盖 81 米，是全球最高的阿弥陀佛像，用锡青铜铸造。据说，还在材料里加入了 48 千克黄金。

俯瞰净上苑

第七节 康王谷与桃花源

康王谷在东林净土苑以北约 5 公里处，驾车只需 10 分钟便到。有人说康王谷是庐山最大的峡谷，长 12 公里。导游认为此说法不明确。康王谷长 12 公里说，只是一家之言。当地人讲，从康王谷谷口至康王谷的末端，约 9 公里。康王谷不是庐山最长的山谷。但康王谷两边展开的程度确实比庐山其他山谷宽广，特别是其西偏北边，山体山脚一带较平坦。所以，单就山谷两边展开的程度而言，康王谷确实是庐山最大的峡谷。

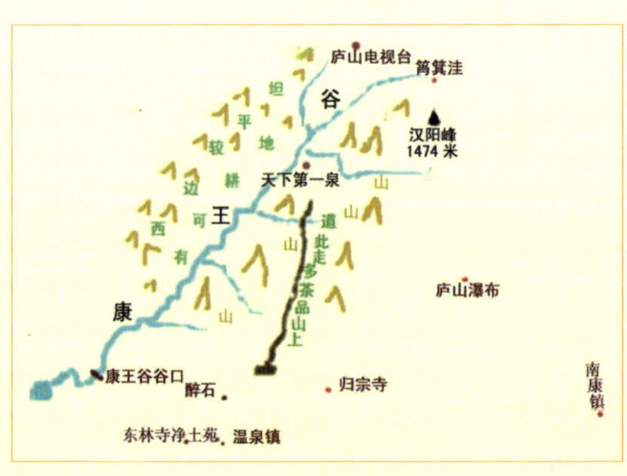

康王谷手绘示意图

康王谷是庐山最高峰汉阳峰和西偏北方向的山体汇

康王谷

合形成的山谷。

导游说，据记载：古代秦灭楚时，楚怀王之子康王避难此谷中，隐居此谷，因此得名。

庐山曾有“康王城”的地名。康王谷谷底的涧溪叫桃花溪，溪水是从汉阳峰等西北边的山上流下来的山水，筲箕洼可谓是其源头，水质清净。

我们从谷口进入景区，山重岭复，溪涧引路，松林掩映。继续前行，地势豁然开朗，可以见到流水潺潺，小溪上横着小桥。环视山谷四周，田园成片，茂林修竹，村舍散落在四周，鸡犬相闻，男女在田地中劳作，怡然自在。这里仿佛就是陶渊明构想的“世外桃源”。导游说，桃花盛开的季节，这里是一片花海，游客纷至沓来。所以这里也被称为桃花源景区。这里再往南一点便是陶渊明的故居。史载，陶渊明居住在这里时，常到北边的东林寺走动。

自然景色

谷帘泉

当时东林寺的主持是慧远大师，慧远文学造诣也很高。二人是好友。有人认为，陶渊明当年写《桃花源记》，或多或少受到这里环境的影响。

天下第一泉牌坊

桃花源景区中有的房屋是仿古重建的，很有些古风，大概是为了追求“村舍俨然，民风仿如秦汉”的理念。

陶渊明的田园诗将情、景、理三者结合起来描述农村风光和田园生活，继承了古代农事诗的优良传统，扩大了诗歌题材，在玄言诗弥漫的东晋诗坛上，独树一帜，为我国古典诗歌的发展开辟了新的境界。隋唐以后，一大批以创作田园诗而著称的诗人陆续涌现，都直接或间接地受到陶渊明的影响。

离开桃花源，我们爬一会儿山就来到了天下第一泉。天下第一泉是茶圣陆羽所给的称号。第一泉的本名叫作谷帘泉。泉水果真如一道帘子挂在岩壁之上。

同行的游客拿出杯子接泉水，品尝后感慨“清爽极了”。我见到景点有品茶处，就去要了“云雾茶叶谷帘泉”。导游说，杭州的“龙井茶叶虎跑泉”被好茶者认为是双绝。有位常喝茶的伙伴尝了一下，点头称赞道：“真好！”笔者也尝了两口，感到确实很好，味道甘甜、清幽，唇齿留香。

在此饮茶、赏泉，稍做休整后，我们即从谷帘泉旁边的另一条路下山。

第八节 周瑜点将台与南康爱莲池

我们驱车去南康镇参观周瑜点将台和南康爱莲池。这两处景点是紧挨着的，都在紫阳中路。从康王谷先折回至秀峰瀑布，从秀峰景区到周瑜点将台，只需十几分钟车程。

周瑜点将台

周瑜点将台，北倚庐山，南邻鄱湖，是庐山景区内历史悠久的古建筑之一，始建于汉末建安十一年（206 年），距今 1800 余年，明朝天顺年间重建。台基长 30 米，宽 16 米，高 7 米，台上建筑为砖木结构，楼顶是木楔穿架。楼面面积 200 多平方米，分正厅和左右厢房，雕梁画栋，气势宏伟。游人来到此处，就不禁联想到周郎当年羽扇纶巾、意气风发的模样。

南康爱莲池

周瑜点将台

据《星子县志》记载，北宋熙宁年间（1068—1077年），周敦颐[1]在南康做官，于官衙之北凿池种莲，并作《爱莲说》。

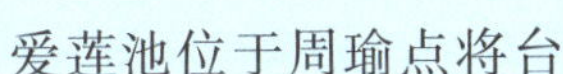

爱莲池位于周瑜点将台东侧。池成长方形，长 48.84 米，宽 34 米，深 3 米。池之正中，筑有花岗石砌垒的面台，高 2.8 米，长宽各 11.1 米。导游说，1000 多年以来，爱莲池屡经兴衰。台上本有个四方形观莲亭，立柱起架，柱础莲瓣纹。（1982 年我参观时，池中还见不到“观莲亭”，亭子为后来复建。）池中台之南北，有池桥与池边相连。台北侧的桥有 20 米长，为五礅六孔“之”字形石桥，台南侧的桥为 18 米长的三礅四孔青石平桥。盛夏之季，漫步莲池边或桥上，微风悠悠，荷香扑鼻，似步入清凉世界，令人心旷神怡。

爱莲池

《爱莲说》全文只有 120多个字，却是传世佳作，寓意深刻。这篇文章被收

1　周敦颐（1017—1073年），字茂叔，号濂溪，是北宋著名理学家，平生酷爱莲花。

录在中学语文课本里；有许多人不仅读过，可能还会背诵。

水陆草木之花，可爱者甚蕃。晋陶渊明独爱菊。自李唐来，世人甚爱牡丹。予独爱莲之出淤泥而不染，濯清涟而不妖，中通外直，不蔓不枝，香远益清，亭亭净植，可远观而不可亵玩焉。

予谓菊，花之隐逸者也；牡丹，花之富贵者也；莲，花之君子者也。噫！菊之爱，陶后鲜有闻。莲之爱，同予者何人？牡丹之爱，宜乎众矣。

文中的“出淤泥而不染，濯清涟而不妖”，成为历代君子孜孜以求的高尚境界。

周敦颐由于体弱而辞官，在庐山西北麓莲花洞筑堂定居，并在那里办濂溪书院，设堂讲学。周敦颐是理学开山祖。现如今要宣讲庐山文化、理学文化，怎能不提及莲花洞濂溪书院呢！

史载，淳熙六年（1179 年），朱熹调任南康。朱熹十分仰慕周敦颐，重修爱莲池，建爱莲堂，并从周敦颐的曾孙周直卿处得到周敦颐《爱莲说》的墨迹，请人刻之于石，立在池边。

朱熹作诗道：

闻道移根玉井旁，花开十里是寻常。
月明露冷无人见，独为先生引兴长。

第九节 游鄱阳湖与鞋山

游客游庐山，多会顺便游览庐山山脚的鄱阳湖和湖口县的石钟山等景点。鄱阳湖鞋山和石钟山位于湖口县，严格地说，不属于庐山的南线范围。本书将这些景点归于南线，一来是上述这些景点值得一游，二来是将这些景点放在南线里可以顺路一游。

游览周瑜点将台和南康爱莲池后，我们一行前往湖口县。先去石钟山，从那儿乘游船游鄱阳湖。游船一路往南，大约 30 分钟便来到鄱阳湖中央的鞋山。鞋山是鄱阳湖中的一座小岛，由于形状像鞋子而得名。鞋山的形状要从空中俯瞰或者从侧面看才比较形象。

鞋山有诸多建筑和景观，有在天气晴好之时可以观望庐山的观庐亭，有可以烧香祈福的大姑庙，不过其中最有趣的莫过于大孤塔和鸟谷。

大孤塔可以登高望远，四面俯瞰鄱阳湖的景色，尤其是可以俯瞰鸟谷。

鞋山

大孤塔

鄱阳湖是我国第一大淡水湖。每年有许多候鸟到鄱阳湖过冬。每年10月至来年4月，是鸟最多的时候。保护区内鸟类已达300多种，近100万只，其中珍禽50多种。现在这里是世界上最大的鸟类保护区。世界上现有白鹤大约为4000只，其中90%在鄱阳湖越冬。鸟类过冬的时候，很多都栖息在鞋山的鸟谷之中。所以登大孤塔赏鸟的适宜季节是冬季。

我心中也有个疑问，鸟谷看起来不大，怎么可能容纳百万只候鸟呢？

讲解员说，枯水季节，鄱阳湖会分割为六七个湖，会有很多湖底裸露出来，候鸟是枯水季节才来到这里，故有地方可以栖息。现在是雨季，六七个湖连

鸟谷

成一个大湖。

游览鞋山之后，我们乘坐游船返回，北行到达长江与鄱阳湖的交汇处。鄱阳湖湖口与长江南侧汇合处，水面颜色两分明，形成一条奇妙的界线。

分界线

我问讲解员，这是什么原因？他回答道：“江水较浑浊，湖水较碧清。”但是为什么不会混成一体呢？他回答：“好像就是这样的。”答非所问。旁边有人插话道：“可能因为水的密度、水位高低、流向和速度都不同，所以江水和湖水不会混成一体，汇合处的水面出现一条清晰笔直的界线，算是鄱阳湖一大奇观。如果乘小船到分界线的水面处观看，可看清界线南边的水较清，颜色略浅；界线北边的水较浑浊，灰黄色。”

交界处

从石钟山上的高处远眺，分界会愈加明显。

游船返回石钟山码头，我们随后便去游览闻名天下的石钟山。

第十节 苏轼与石钟山

石钟山

石钟山屹立于鄱阳湖湖口与长江南岸汇合处，雄奇秀丽，地势险要，居高临下，进可攻，退可守，北锁长江，南封湖口。故，石钟山号称“江湖锁钥”，自古为兵家必争之地。

大门

石钟山，三面临水，一面着陆，形如半岛。全山分南北两座山峰，两峰相距不到1000米，朝南临湖的是上石钟山，靠北濒江的是下石钟山。两峰高度相近，海拔约62米，相对高度约50米。上石钟山面积虽大点，也仅有0.34平方公里，但悬崖峻拔，突兀峥嵘，气势不凡。尤其是临湖的南边山体，奇石裸露，刀削一般笔直地深入湖中，尖头插入天空。山虽然不算高，乘小舟在山脚从低处仰面观看山峰，真是“凌空险峭千重出，插地玲珑百态生”。

石钟亭

石钟山，从唐代起就有建筑，现今仍存怀苏亭、半山亭、江天一览亭、石钟亭、钟石、忠烈祠、报慈禅林、听涛眺雨轩、芸芍斋、石钟洞、同根树等，但多为清代重建，依山就势，散缀于山腰或山顶，形成多层次园林美景，

怀苏亭

江天一览亭

使登山观光者往往在山穷路尽之时，又柳暗花明，令人回味。

俯眺分界线

石钟亭里面有块相当大的石头，讲解员说：“此石是山中搬来的，敲起来，其声似钟鸣。”

有人问道：“石钟山之名是否由此而得。”讲解员没有作答。

另一游人问：“可去敲一敲吗？”讲解员说：“不可！”

从石钟亭再往上便是怀苏亭，亭中石碑正面有苏轼像，碑后则刻有《石钟山记》。

临湖塔

循石阶山道，迂回曲折，穿亭过榭，经过“紫云廊”“绀园”“船厅”等建筑，便来到山顶的“江天一览亭”；凭栏远眺，万里长江， 泻千里，浩瀚鄱阳湖，波涛万顷。从此处远眺，又见到水面清晰的分界线。

江天一览亭旁边是一座临湖塔，塔边的巨石上留有众多石刻。

从塔旁走曲折的栈道，可以下行到湖边观看石钟山的裂石，也可以前往北

忠烈祠

金星宋砚

部山顶。在北部山顶的平台上建有报慈禅林、忠烈祠、浣香别墅等古建筑。

忠烈祠是清代所建，如今是当地的风俗展览馆，一些非物质文化遗产继承人在这里设有工作室，制作砚台、扇面等。传承者会给游客展示传统技艺并且售卖商品。

导游说，庐山的青石是做砚台的好材料。青石砚，宋徽宗赐名为“金星

石刻

第一楼

宋砚”。金星砚被誉为“与端砚同辉”。

石钟山自古既是兵家要塞，也是儒家圣地。从忠烈祠旁的浣香别墅出来后，可以看到摩崖石刻和碑刻。石钟山有石刻、碑刻200余处。

看过石刻和碑刻后，就来到“天下奇音第一楼”。

老伴在货摊上见到一块石头，以为可制砚台（她喜爱书法，对砚台有

2005年老照片

些兴趣），便向售货人员问价。原来那不是制砚台的庐山青石，而是用来敲击发声的响石。

我问导游，是不是因在山上有这种敲起来似钟声的石头，此山才称石钟山？导游指着身旁《石钟山记》展板说："好好读一读就知道。"

《水经》云："彭蠡之口有石钟山焉。"郦元以为下临深潭，微风鼓浪，水石相搏，声如洪钟。是说也，人常疑之。今以钟磬置水中，虽大风浪不能鸣也，而况石乎！至唐李渤始访其遗踪，得双石于潭上，扣而聆之，南声函胡，北音清越，桴止响腾，余韵徐歇。自以为得之矣。然是说也，余尤疑之。石之铿然有声者，所在皆是也，而此独以钟名，何哉？

元丰七年六月丁丑，余自齐安舟行适临汝，而长子迈将赴饶之德兴尉，送之至湖口，因得观所谓石钟者。寺僧使小童持斧，于乱石间择其一二扣之，硿硿焉。余固笑而不信也。至莫夜月明，独与迈乘小舟，至绝壁下。大石侧立千尺，如猛兽奇鬼，森然欲搏人；而山上栖鹘，闻人声亦惊起，磔磔云霄间；又有若老人咳且笑于山谷中者，或曰此鹳鹤也。余方心动欲还，而大声发于水上，噌吰如钟鼓不绝。舟人大恐。徐而察之，则山下皆石穴罅，不知其浅深，微波入焉，涵澹澎湃而为此也。舟回至两山间，将入港口，有大石当中流，可坐百人，空中而多窍，与风水相吞吐，有窾坎镗鞳之声，与向之噌吰者相应，如乐作焉。因笑谓迈曰："汝识之乎？噌吰者，周景王之无射也；窾坎镗鞳者，魏庄子之歌钟也。古之人不余欺也！"

空洞

事不目见耳闻，而臆断其有无，可乎？郦元之所见闻，殆与余同，而言之不详；士大夫终不肯以小舟夜泊绝壁之下，故莫能知；而渔工水师虽知而不能言。此世所以不传也。而陋者乃以斧斤考击而求之，自以为得其实。余是以记之，盖叹郦元之简，而笑李渤之陋也。

我读了《石钟山记》，想起上学时读过此文。当时，老师曾讲解说：有座在大湖和大江边不大的山，有时会响起神秘的"钟声"。长年累月，淙淙铮铮。时而清新，时而悠远，时而激越，时而苍闵。这"钟声"和涛声，构成一曲美妙的交响乐，音乐家难以模拟，诗人墨客无法描述。我当时想，将来 定要到那儿去亲身体验。没有想到，我现在就在石钟山上。

1084年，苏轼年近50，冒着危险，去实地勘察，探寻那钟声是怎样形成的。这种精神令人敬佩。

2005年我游庐山后，在读《石钟山记》时认识的朋友，给我发来一篇评论苏轼的文字。

这篇文章是这么写的：苏轼发现绝壁下多"穴罅"，水浪进出其间，澎湃冲击，有"镗鞳"之声，他自认为他已解开千年之谜，找到了石钟山"钟声”的真正原因，故作《石钟山记》，批评郦道元考察过于简单，讥笑李渤立论过于浅陋，但他哪里知道，自己却潜隐着荒谬的悲哀。明代的罗洪先和清代的彭雪琴二人，评述他是“过其门而未入其室”，故而结果不准确。罗、彭二人先后绕石钟山转了数次，仔细探寻，发现苏轼当时也受了大自然的捉弄，他“六月访山，适逢水涨，未见全”，而罗、彭二人则在冬春江水下落时，踏山觅踪，找到了“钟山”的真正原因。“盖全山皆空，如钟覆地，故得钟名。”至此，石钟山的天籁之声，这支“神曲”终于找到“源头”。

上面这则议论取笑苏轼，说苏轼“潜隐着荒谬的悲哀”，说苏轼实地考察是“过其门而未入其室”，故而“结果不确”，还说“苏轼当时也受了大自然的捉弄”。我觉得这样说，不符合事实，推论也缺乏逻辑性。

山体裂纹

罗、彭并没有证实“钟声”的真正成因，只是见到山体似钟形，不等于证实那“钟声”是由此产生的。“以钟磬置水中，虽大风浪不能鸣也，而况石乎！”所以，发现山体似钟形，并不能说“神曲”找到“源头”。而且，罗、彭二人并没有证明老祖宗是据此山之“盖全山皆空，如钟覆地，故得钟名”。万一老祖宗就是根据此山能发出似钟之声故得石钟山之名呢？也或者，其“形”和“声”都是老祖宗给山取名的依据。所以，罗、彭二人的考察结果并不能否定苏轼的结论，更谈不上苏轼是“荒谬的悲哀”。

此山为何以石钟为名，其实在1000多年前就因此山产生似钟之声而起名，这是事实。问题核心只在于钟声是怎么产生的，为何时有时无，时大时小？这才是千年之谜。我们在这里不妨再做如下梳理：

此山为何命名为石钟山？因为山石会发出似钟的声音。只要证实这是真的，即是合理地回答了这个问题，自然也符合逻辑。现在人们多认为：石钟山因山石有很多空隙，湖水冲击山石发出的声音，如钟鸣，因而得名，故有“中国千古奇音第一山”之美誉。

至于天籁之声为何时有时无、时大时小？我们对苏轼考察的记录略加分析，可知：水位过低时，风浪、水波冲击不着石穴罅隙和石钟壁的窟窿，就不会有声音；水位过高呢，石穴罅隙和石窟窿内灌满水，也不会有声音。要水位正合适，才有声音，风大，浪大，冲击力大，发出钟声就大；反之，则小。苏轼被誉为是解开石钟山千年之谜的人，当之无愧！

第四章

关于庐山的一些探讨

第一节 徐霞客游庐山的路线及有关问题

笔者在书店买到一本《徐霞客游记》。回家后，我一口气读了其中的《游庐山日记》，感到“相见恨晚”。如果我在游庐山之前读，或者一边游一边读，那我得到的启发和开导会更大。读徐霞客《游庐山日记》时，距我第一次游庐山，已过去 30 多年，距第二次上庐山也已 10 多年。但读徐霞客《游庐山日记》的年月，正好是我整理庐山资料的时候。

读后，我有些感想，觉得对徐霞客游庐山的路线和有关问题，加以探讨，不无意义。因为这书中存在一些问题。比如，在此版本《游庐山日记》注释中，对庐山，竟有“三叠泉瀑布，落差达 155 米，有‘飞流直下三千尺，疑是银河落九天’之美句”这样的错误。李白《望庐山瀑布》一诗中的瀑布是秀峰瀑布，是现在的共识。而这本书竟然将其弄混为三叠泉瀑布，实在是不应该。这本书对徐霞客《游庐山日记》的解读，也有不妥之处，比如“出天池，趋文殊台……因再为石门游”。译注者解读为“因此再次作石门之游”。这样解读是不妥的。“因再为石门游”的“因”是因为有缘故之意。是何缘故呢？因为徐霞客要南下去汉阳峰，所以要走回头路。“因再石门游”的完整解释应该是：因为要南下去汉阳峰，需要从这里走回头路，所以再作石门之游。

下文是我对徐霞客《游庐山日记》的解读（文中小标题是我加的，括号内的文字是我的说明或议论）。

徐霞客游庐山　戊午年八月十八日的路线

戊午年八月十八日（明朝万历四十六年八月十八日）与堂兄雷门、白夫至九江，换乘小船从长江南边进入龙开河，行驶二十里（明代，1 里约为现今 550 米），停船在李裁缝堰。登陆走五里，经过西林寺，到达东林寺。东林寺在庐山北面，背依不甚高的东林山。东林山为庐山的外廓，山中有条大溪，自东向西流；驿马走的大路在山与溪流之间，这是九江府至建昌县的要道。东林寺的大门临大溪，进门是虎溪桥，规模相当大；正殿已毁坏，夷为平地，右边是三笑堂。

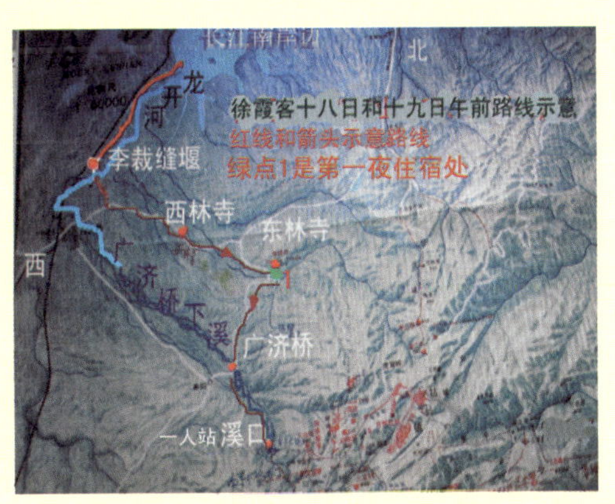

十八日和十九日午前路线示意图

十九日的路线

十九日，出东林寺，循山麓西南行五里，越广济桥（徐霞客在《游庐山日记》中说李裁缝堰至东林寺五里，东林寺至广济桥也是五里。从图上看，东林寺至广济桥近得多。图上的距离是直线，而实际的道路是弯曲的），不走官道，沿桥下那条溪（笔者称之为广济溪，庐山石门涧水流入此溪，广济溪的下游可能就是龙开河）向东走二里，溪流回绕，山峦四面围着。此时浓雾如霏霏小雨。有一人站在溪口边，向他问路，得知由此向东往上走是去天池山的大道。由此南转登石门，为去天池寺的侧面小路。我知石门奇特，路险难登，就请站在溪口那人为向导。我与二位兄长约定，他们走大路，在天池寺等，自己南转登石门。

向南，渡过二重小溪，经报国寺，从绿树香雾中攀陟五里，仰面看见浓雾中有两块石崖高耸兀立，那就是石门。从高耸兀立两崖间的缝隙中走进去（即从石门中走进去），前面又有两石峰对峙着，对峙两石峰间的缝隙（原本无路，徐霞客进去后踩踏出了“路”）宛转曲折。俯视石门涧铁船峰旁诸峰，

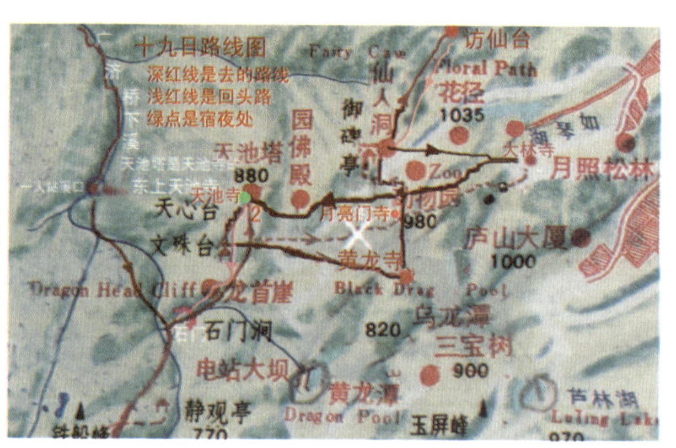

十九日路线示意图

从涧底直耸而上，峰与峰间相距很近，各峰争雄竞秀。其下汹涌涧水，喷雪奔雷（涧水从较陡的山上往下流，水冲石块，水花四溅，形如喷雪，声

如奔雷。“喷雪奔雷”，言简意切、生动），耳目为之狂喜。石门内，有徽人邹昌明、毕贯建筑的背靠绝壁对着山峰的新精庐（“精庐”在此，是庙或庵的称呼），僧人容成烧香修行。从庵后小路走去又遇见一石门，都是从石崖上上攀下蹑地行走。没有落脚的地方，就挽藤，藤也没有，就用木梯，如此攀登了二里，到狮子岩。再走里许，有大路了，历级而登，到殿前。因雾大，没有辨别出是什么，走近了，见到红柱彩梁，才知至天池寺了。大概是毁坏后新建的。

从天池寺右侧，经文殊台，出寺。向东上山脊，行三里，再向东行二里，到了大林寺。由此北折而西，到白鹿升仙台，即到御碑亭。传说仙人在此乘白鹿升天，故纪念仙人的御碑亭建在这里。从御碑亭向北，折向东，至佛手岩（仙人洞）。由佛手岩侧的庵堂向右行，有崖石两层，在深深的山坞突起，上平下窄，是访仙台遗址（访仙台遗址在旁边）。访仙台遗址后山，石上书“竹林寺”三字。

（访仙台遗址在佛手岩右下方，直线相距两百米左右。那时，没有路，山又陡，要斜着向山下行，爬上蹑下行几百米才能到，有些艰险。既然是向山下行，怎么会有“上攀下蹑”之说？是因为斜着向山下行，若遇到一块巨石或小山包挡着，绕不过去，就只能爬上去，再从另一边下蹑、下山。走庐山的山道，这种情况很正常。看着直线不远，但是爬上蹑下，要有好几个上上下下才能到，直线一百米的距离，要走两百米甚至更多。）

回到佛手岩，由大路东抵大林寺。寺四面峰环，前抱一溪。溪上树大，需要三人合抱，非桧非杉，枝头着子累累，传为宝树，来自西域，从前有二株，被风雨拔去一株。

（有人认为，这里说的是黄龙寺寺门外的三宝树。徐霞客清楚地说“向原来有二株，为风雨拔去其一矣”！可是，现在那儿不是有三棵古树吗？其中两棵柳杉树龄都是约600年。徐考察此地，距今不过400年。所以笔者认为这里说的不是黄龙寺外的三宝树。

笔者将徐霞客的日记与实际地形对照，认为此处说的大林寺应该是错误的。仙人洞东边向上走不多远，有月亮门，月亮门东边约五十米处有个广场。有人说那儿本来有座寺庙。“再东二里，为大林寺。”原文说的可能是这座寺庙。如果那儿真有座寺庙。姑且称此寺庙为“月亮门寺”。大林寺在如琴湖南端，其遗址已在修建如琴湖时被淹没。大林寺是在御碑亭的东偏北处，原文“再东二里，为大林寺”，但实际东行二里，到不了大林寺。东行二里只能到达黄龙寺，或笔者猜测的“月亮门寺”。这两处都在御碑亭南偏东处。故原文为“由此北折而西”到御碑亭。大林寺到白鹿升仙台，不可能“北折而西”，只有从黄龙寺或者“月亮门寺”前往御碑亭才会“北折而西”。

笔者认为，这不是徐霞客的错误，不是他考察不精细、记载不翔实。那错误是怎么造成的呢？有可能徐霞客原书稿烧毁于战乱，手抄本也失散。现在的游记是经再次搜集失散的原记录或手抄稿，整理而成，被涂抹删改的内容不在少数。后人编纂不少版本。这才导致了书中内容与实际情形不相符的情况。）

二十日的路线

二十日，晨雾尽散。出天池寺（说明徐霞客十九日回到天池寺过夜），向文殊台走去。那儿山体四壁高达万仞，俯视铁船峰，像是古代的复底鞋，正可供神仙来去用。北眺，见到群山低伏，鄱湖在下面，长江远在天边。因再石门游（前文说过，因为要南下去汉阳峰，所以折回），行三里，经昨天所过的险处，（到徽人建精庐处）僧人容成持贝叶（佛经）出迎。容成还引导我历览诸峰。山涧奔流，声如雷鸣，松竹蓊郁，浓荫掩映。山峡中，真是寂静、奥秘的境地。循旧路抵天池下，从岐径东南行十里，都在幽涧中，一会儿攀上，一会儿蹑下，一路上到处是松竹。那一带被称为“金竹坪”。群峰隐蔽围绕，比天池山幽深一倍，也没有天池山空旷。

（“循旧路抵天池下，从岐径东南行十里”。笔者解读为：沿着原路抵达天池山下，从小路东南行十里。因为离开天池寺已向山下行“三里，度昨天所过险处”了。“再为石门游”的“石门”是天池山与铁船峰汇合而成的，到石门就到了天池山山脚。天池山海拔 880 米，下山的路是斜的，且是弯曲的，所以有三里长。这说明，徐霞客已经到了山下。）

接着再向南行三里，登莲花峰侧，又起大雾。莲花峰是金竹坪的左翼，峰顶石群嶙峋，好像是在雾中窥视人的神态。因雾大未能登上顶峰。

越岭向东（偏南）行二里，至仰天坪。打算去览尽汉阳峰的景致。汉阳峰为庐山最高的山峰。仰天坪是僧舍所在地的最高处（这话也透露出，仰天坪有寺庙）。仰天坪阴面的水，北流向九江；阳面的南流向南康。我以为仰天坪距离汉阳峰不远，僧人说，中间隔着桃花峰，有十里远。出寺，雾渐渐散去。从山坞向西南行，越岭南下，再向上走，到汉阳峰了。遇见一僧人，说，汉阳峰顶无可宿夜的，最好投宿慧灯僧舍，并给指路。按他所指，我没有去

二十日和二十一日路线示意图

汉阳峰顶，走了二里，日落，余晖照遍群山。照指路僧言，东向越岭，转而西南，到了汉阳峰的阳面。循一条小路顺山势走去，所到处，层峦叠嶂，幽深寂静，好像不是人世间。行里许，在竹丛中找到一间供有佛像的小屋，有位穿着破旧僧衣、赤足的僧人。他就是慧灯。他正在做豆腐。竹林中还有三四位僧人，是慕慧灯之名远道而来。又有一赤脚僧人从石崖间下来。问之，原来是云南鸡足山的僧人。

这一晚，宿慧灯小屋，慧灯煮豆腐款待，那指路的僧人也来了。慧灯每半个月，必亲自做豆腐，让徒弟们来吃；众徒弟也来吃，包括给我指路的那一位。

二十一日的路线

二十一日，告别慧灯和尚，从屋后小路直登汉阳峰，攀茅拉棘，行二里，至峰顶。南瞰鄱湖，水天浩荡。东瞻湖口，西望建昌，诸山历历，都像是失去依仗，低头服输。只有北面的桃花峰与汉阳峰比肩挺立。然而桃花峰昂首抬头，其最高点仍然只是逼近汉阳峰的高度（庐山最高峰——汉阳峰，海拔1474米）。

下山行二里，循旧路（来时走过的路）去五老峰。汉阳、五老都是庐山南边的山，如两个犄角相向，而犁头尖峰处于其中，若犁头尖退后，汉阳、五老两峰相望，甚近。但汉阳至五老的路，需要回到金竹坪，从犁头尖后边绕过去，到犁头尖左边，转向北才能到达五老峰。自汉阳至五老，有三十里。

到达五老峰岭角，望峰顶，像是平坦的，这是不识五峰面目。到了峰顶，风猛烈，水绝迹，寂无居者。游遍五老峰，始知山的北面是一座山岗连着（五峰下部为同一山体），山的南面，则是从绝顶平剖开来，分为五个枝峰，凌空直下万仞，外围无重峦叠嶂遮蔽，视野甚宽。然而五峰彼此相望，排列一线，相互遮掩，一览不能都看清楚，登上一峰，才见到五老峰两旁，深得见不到底，峰峰各有奇观，互不相让，真是雄旷之极的景观。（五老峰南面，则是从绝顶平剖开来，分为五个枝峰，凌空直下万仞。徐霞客对五老峰考察得真精细，记载得真翔实！）

从峰顶下山，行二里，到岭角。向北，在山坞中行走里许，抵方广寺。方广寺为五老峰的新寺庙。僧人知觉，熟悉三叠泉，知道三叠泉瀑布壮观。知觉说，就是路难走。催促我快走。北行一里，路终止在涧边，渡涧。随涧行走，涧边的路也没有了，就在涧中乱石上走，如此走了三里，见到一绿色水潭，涧水怒流倾泻于上，水花如喷雪。

又走里许，溪涧水势大了一倍，但不知涧水从何处下坠，只听到轰雷倒峡之声。到对面山上，方能看到这边三叠泉全景。于是循山岗从北东转，行二里，到了对面。对面是峭壁。爬到崖上下瞰，才见到方才那边一级、二级、三级之泉，三叠泉！

溯溪而行，回到方广寺，天已昏黑。

二十二日的路线

二十二日，出方广寺，从南边渡溪，到犁头尖峰的南面（有一段路是来时走过的），东转，下山，走十里，到楞伽院侧。见到左边远处有一瀑布从空飞坠，环映彩虹，也是一雄观。又走五里，经过栖贤寺，山势至此趋于平缓。因急于去三峡涧，未进栖贤寺。再走里许，到达三峡涧。

三峡涧，涧石夹立成峡，涧水怒冲而来，因峡所束，回奔倒涌，轰振山谷。一桥（现称观音桥）悬架在两边岩石上，俯视深峡中，急流的水花，形如珍珠迸射，声如击玉鸣响。

过桥，从小路向东走，翻山越岭，奔向白鹿洞。路都是在五老峰的山南。山间田地，高高低低，点点民居散落各处。横着走过山坡，仰望，层峦叠嶂。走了三里，直至峰下白鹤观。再向东北行三里，抵白鹿洞。

白鹿洞是五峰南边山下一山坞（四周有山围着，中间低凹的山体称山坞。从高处往下看，像是一个洞）。山坞前环绕如飘带的溪流（即贯道溪），高大的松树错落其间。

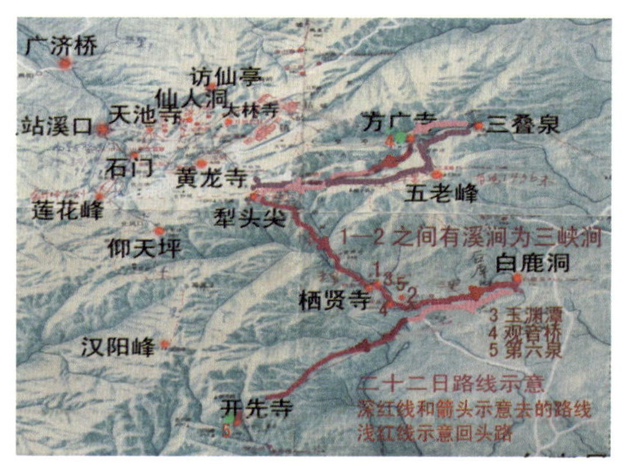

二十二日路线示意图

走出白鹿洞，循去开先寺的大道。（徐霞客幼年好学，博览群书，钟情地经图志，立志考察名山大川，绘天下名山胜水通志。他的心思主要是放在考察名山、胜水、地质、水文。笔者认为，徐霞客到了白鹿洞，没有进白鹿洞书院看看，或虽然进去看了看，但对白鹿洞书院未做记录。）

庐山地形，犁头居中且稍微偏一些，实际上是栖贤寺处于正中间。五老峰从左边突出，白鹿洞在其山下，右边与五老峰对峙的是鹤鸣峰，开先寺在鹤鸣峰前。

向西沿山，横着走过栖贤、白鹿之间的大道，行十五里，经过万松寺，登岭然后往下走，见到山中有座巍然南向的寺院，那就是开先寺。从殿后登楼远眺瀑布，见到一缕瀑布水下垂，远在五里外。瀑布水帘一半被山间树木遮蔽，倾泻的水势不及楞伽道中所见。众峰间崭然耸立的双剑峰，有芙蓉插天之态；香炉峰，只是山头上有圆圆的土阜罢了。

从楼侧西边下壑，见到涧水从峡中岩石间流出，铿然有声，那涧水就是瀑布下面（的水潭）流来的。此处，瀑布反隐而不见，而峡石间流出的水，汇合为龙潭，澄澈映照，赏心悦目。坐在石头上观赏好久，直到四山暝色，才回殿西之鹤峰堂入住。

徐霞客游庐山全景图

二十三日的路线

二十三日，由寺后侧的小路登山。越过溪涧，盘绕山岭，在半山腰，又看见一瀑布，并挂在昨天所见那瀑布东边，即马尾泉瀑布（昨天所见那瀑布，水源是黄岩山水，称黄岩瀑布，或称瀑布水。李白称之为庐山瀑布，因而改称庐山瀑布，或称李白瀑布）。走五里，再攀一尖峰，峰顶为文殊台，这山峰是一座拔地而起的孤峰，四面无倚，顶上有文殊塔。对面石崖，陡峭壁立，万仞之高，瀑布轰轰下坠，与文殊台相隔仅一溪涧，自崖顶至崖底，一眼看不到底，不登此文殊台，观赏不到这瀑布胜景的全貌。

（庐山瀑布本称黄岩瀑布。东边，也有一处瀑布，因形似马尾，称马尾水或马尾瀑布。附近建有开先寺。有人将马尾瀑布称为开先瀑布，也有人称黄岩瀑布为开先瀑布。）

走下文殊台，循岗西北溯溪涧行，即去瀑布上游。没有想到会有一条小路，走了进去，里面山峰回绕，围抱着山谷，见到背靠双剑峰的黄岩寺，在峰下。越涧再向上攀登，见到黄石岩（黄岩瀑布就是从那儿流来的。徐霞客是去考察黄岩瀑布的源头）。有的岩石飞空突起，有的平覆如磨刀石。岩侧有茅草盖的楼阁，一丈见方，幽雅出俗。阁外有数枝修长的竹子，在群峰上拂动，与山花霜叶，在山峰间互相掩映媲美。远眺鄱湖，只一点波光正对着窗户。

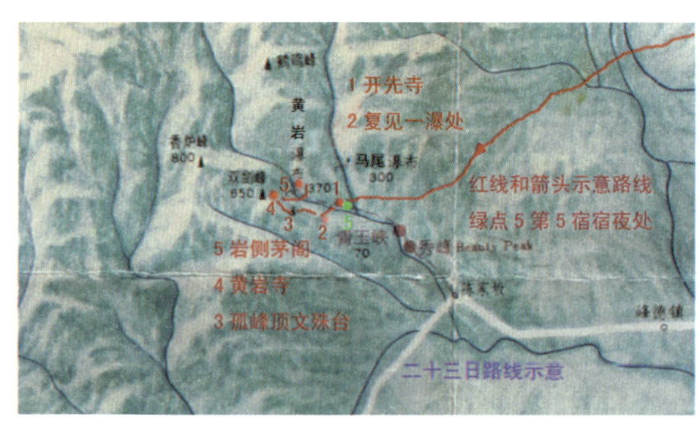

二十三日路线示意图

我在溪涧山石间，放开脚步游览，观断崖夹壁之胜景。仍在开先寺用餐，然后告别庐山。

第二节 秀丽的庐山自然景致和文化景观

庐山自然美是庐山景观美的源泉

专家认为：庐山的景观，以自然为美的源泉，以文化为美的精华，以民族精神为美的象征……庐山自然美具有突出的价值。优秀的华夏文化融于自然美之中，从而形成称著世界的文化景观，并列入“世遗”。

怎么可能如某些人所说“庐山无美景可言”呢？

在此，不妨做如下说明。

世界遗产分为：世界自然遗产，如我国九寨沟风景名胜区、四川大熊猫栖息地等；世界文化遗产，如我国北京故宫、敦煌莫高窟等；世界自然与文化复合遗产，如泰山、黄山等；世界文化景观遗产，如庐山、杭州等。

有人问：如何区别自然与文化复合遗产、文化景观遗产？简明地说，前者是两者能分开的，自然与文化是机械的、物理的复合；而文化景观的景观元素是自然的和文化的，有机融汇在一起，你中有我，我中有你，无法分开，而且相得益彰。能列入“世遗”的文化景观，其景观元素，无论是自然的还是文化的，都必须相当出色。评定“世遗”的标准是既要考量文化遗产，又要考量自然遗产。庐山以雄、奇、险、秀闻名于世，有“奇秀甲天下”的美誉，达到“世遗”的评定标准。怎么能说庐山的自然景观不出色？

庐山景观中的文化元素是庐山景观美的精华

庐山景观元素中，人类创造的文化元素、文化底蕴很丰富、很出色。对此无异议，也无须讨论。

2002 年庐山被评为“中华十大名山”之一。但是 2005 年第 10 期《中国国家地理》杂志推出中国十大名山排行榜，庐山落选了，而我国西部的南迦巴瓦（云中的天堂）等雪山横空出世。2009 年，庐山再次荣获“中国最美十大名山”称号。

不同的人，会有不同的审美观，或者同一人在不同的情况下，会产生不同的评山标准。我国名山多，但庐山以雄、奇、险、秀闻名于世，有“奇秀甲天下”之美誉，是不争的事实，不可能沦落到“无美景可言”。唐代诗人李白赞美庐山：“予行天下，所游山水甚富，俊伟诡特，鲜有能过之者，真天下之壮观也。”而赞美名山大川的诗作，尤以庐山居多……2009 年，庐山成功举办了首届中国庐山世界名山大会，庐山成为世界名山协会永久注册地。

第三节 使庐山形成著名文化景观而入“世遗”的功臣

联合国专家评价：庐山的历史遗迹以其独特的方式，融汇在具有突出价值的自然美之中，形成了具有极高美学价值的、与中华民族精神和文化生活紧密相连的文化景观。

使庐山形成著名文化景观而入“世遗”的功臣是自然界和国人。

1996 年 12 月 6 日，联合国教科文组织世界遗产委员会批准庐山以“世界文化景观”列入《世界遗产名录》。

专家认为，文化景观是“自然与人类的共同作品”。既然文化景观是“自然与人类的共同作品”，庐山成为中国著名的文化景观和避暑胜地，这功臣当然是庐山的自然界本身和千千万万的国人。

早在晋代，特别是唐宋时期，庐山就已经是避暑胜地。古书中有“冬夏共霜雪”的记载。

340 年，王羲之在金轮峰下建房。后来李白、白居易等也上庐山建起“李白书堂”“居易草堂”。宋末至元朝，庐山文化景观因战乱而遭到破坏，明清时期得到复建和扩充，清末又因战乱而遭到破坏……

至1935年，庐山各景点已破损不堪，面目全非。例如，西林寺仅存一座塔；大林寺，化为瓦砾；东林寺，在唐宋鼎盛时，“殿、厢、塔、庑，共三百一十余间”，称“万僧之居”，门徒数千，收藏经书万余卷，名列全国寺院之首，每年来寺香客，数以万计。但是，1949年新中国成立时，东林寺仅剩破殿两三椽。

自然景观元素也遭受很大的破坏，乱砍滥伐树木，乱炸山石，乱排污水。1935年，虽我国无条件收回牯牛岭租界，收回庐山的管理权，但基本上仍无法顾及对庐山各景点进行修复、重建，景点继续遭受雨淋日晒……只对锦绣谷“谈判台”等少数景点进行重建。一般的香客和旅游者上庐山仍受到阻碍。

新中国成立后，政府重视对庐山各景点的维护、修复、重建。周恩来总理曾亲临庐山视察，指示修复、重建重要景点，保护文物。此后，庐山重要景点的修复、重建工程正式启动。至1965年，庐山各景点已初具规模。因为政府强调要按原样修复、重建，有的景点在鼎盛时（唐宋时期）的原貌得以重现；至1982年我第一次上庐山时，已经基本恢复原貌。

1955年芦林湖建成，解决了山上旱季缺水问题，1958年发电站建成发电，解决了山上夜间照明问题，1961年建成如琴湖，使发电用水得到保证。就整体而言，庐山能与时俱进，既是传统的，又是现代的，或者说，庐山能成为现代出色的文化景观，1955年以来的三大水利工程发挥了重要作用。1953年和1971年，山北公路、山南公路建成通车，也具有重要意义。

如果不复建重要景点，如何重现鼎盛时代的面貌呢？如果不修筑公路，使庐山跟上时代发展，联合国教科文组织的专家来庐山考察，坐滑竿上山吗？游人会多吗？如果不建设水库、发电站，使庐山有电灯把黑夜照亮，并有充足的淡水可用，牯岭的人民如何安居乐业并且大力发展庐山的旅游业呢？正是国人这一切的努力（当然也得到世界爱护庐山人的支持）使得联合国教科文组织于 1996 年批准庐山作为世界文化景观列入“世遗”。

我再次强调，是新中国使庐山恢复、重现辉煌历史时的面貌，并在这基础上，使庐山的世界文化景观既传统又现代，从而成为与时俱进的出色的世界文化景观而列入“世遗”。

在此，让我们再听一听世人对庐山的高度评价和赞美吧。

庐山雄奇险秀，刚柔并济，形成世所罕见的壮丽景观。春如梦，夏如滴，秋如醉，冬如玉，构成一幅充满魅力的立体天然山水画。自然造就此山，华夏文化孕育此山，文人赞美此山，世人喜爱此山。人们对庐山抒情写意，浓墨重彩，使庐山积淀了丰富的文化内涵。庐山之美是“自然与人类的共同作品”，从此，庐山的“形体美、空灵美、幻象美、动态美、声韵美”集合为一体。

专家认为：庐山的风景，有别于其他的风景名胜，其焕发出一种别具一格的东方美的风采。庐山的自然美景，孕育滋养了庐山丰富的历史文化。庐山丰富的历史文化，又融于自然景观元素中。二者交相辉映，相得益彰，充分体现了庐山作为天下名山的独特魅力。

第四节 李德立所作所为对庐山的毁坏

胡适在1928年游历庐山之后，把庐山的人文历史和中国的历史结合起来，概括为三大趋势：一是慧远和尚代表着中国佛教化和佛教中国化的大趋势；二是朱熹的白鹿洞书院，代表着中国近700年的理学大趋势；三是庐山牯岭的别墅代表着西方文化入侵中国的大趋势。

李德立是英国传教士，于1886年来到中国。他觉得庐山风光秀丽，又是避暑胜地，有吸引力，所以看中了几处地皮求购，但都被当地人拒绝。可是他不甘心。1895年，他见到牯牛岭长冲河一带，地势平坦开阔，林木茂盛，环境清幽，认为若能得到，必能发大财。于是，他一方面贿赂九江县令盛富怀，同时吸取之前购地的教训，不用英文名，而是给自己取了一个中文名字“李德立”，并请中国教徒帮助说服当地人；另一方面，他运动英政府对清政府施加压力，于1895年11月29日迫使九江道台与英国驻九江领事签订了《牯牛岭案十二条》，“租借”庐山牯牛岭之东的长冲谷999年。

李德立“租得”这块土地后，称之为“清凉世界”，成立牯岭公司，将长冲谷土地分成小块，编号出售，每号合地3.7亩，售价300元；几年之内，全部售罄，并陆续建起别墅。李德立获得了巨额利润。巨额利润促使他不断强租地皮，实则是连租带强占，肆意向四周扩张。至1904年，李德立据有土地共约4500亩。这些土地主要出售给欧洲国家的人，也有一小部分是售给美国、日本等国的人。据1927年统计，长冲谷建成各具风格特色的别墅已经达到500多栋，从而使牯岭这个“清凉世界”成为“世界村”，洋人有3000多。这些人建立了该地区最高的行政管理机构——“大英执事会”，并设立“市政议会”，擅自订立税法，使这里成为名副其实的租界。

“大英执事会”有自己的治安人员。他们妨碍、阻止香客和游人上庐山。在此期间，庐山的香客和游人很少，有时几乎没有。庐山的僧人，因为没有施主，只好离去。许多古建筑因为无人维护，逐渐损坏。

长冲谷原本有许多古树。那时大的树，两个人都合抱不过来。为了建别墅，被砍伐的古树不计其数，只剩下河边或路边不多几棵。如果古树没有被大批砍伐，现在这一带就是古树参天的森林，是像童话一般的仙境。

庐山牯牛岭一位知情的老年居民说：“李德立是庐山的罪人。”

事实上，那时庐山上有的地区也有国人自己建的别墅。国人自己来建别墅，就不会乱砍滥伐，而是利用古树之间的空地建，像太乙村别墅群和芦林一号，建在林间。这样分散地建别墅，既保护了古树，别墅又有林木衬托，风景更美，空气流通好，适宜居住，可谓相得益彰。现如今，旧别墅区，数百栋别墅挤在一起，墙很厚，窗又小，不透风，雨季格外潮湿闷热。其实，当初如果把别墅分散建在古树之间，土地是够用的。就算在长冲谷一带建上千栋别墅，土地都够，但是分散建，李德立会少赚很多钱。李德立为了一己私利，不会这么考虑，更不会这样做。结果就是，李德立彻底破坏了长冲谷森林植被生态。

李德立和牯岭公司对庐山的另一破坏行为是将从数千洋人居住处流出的未加处理的污水直接排放入长冲河。长冲河是乌龙潭、石门涧的上游。据说，山上洋人多的那几十年里，石门涧的“三石”都少了。那时，有人在乌龙潭洗洗手，就生病。其实就是因为长冲河被污染了。但当时人们不知道，所以才有“在那儿洗手，会触犯神灵，让人交厄运”的传言……

李德立的牯岭公司不光砍伐古树，还将一些有观赏价值的巨石、奇石炸碎做建筑材料。牯牛岭百姓曾一再反对，但清政府腐败无能，不但没有支持当地百姓，还替李德立说话。李德立他们又用收买的手段，比如以较高的工资雇佣当地青壮年到别墅区做工或当服务人员，反对李德立牯岭公司乱砍乱炸的呼声渐渐消逝了。

庐山形成世界文化景观，是自然界造就的，是国人创造使然的，不是哪几个人的功劳，更不是英国人李德立的功劳。李德立，没有爱护庐山。他只是把庐山当作摇钱树。而且，他是对庐山的自然环境进行破坏的人。

庐山作为避暑胜地，在千年之前就已经称著世间，可不是因为李德立的所作所为。庐山有突出价值的自然美与李德立所建的别墅群融汇，只是形成西方文化入侵中国的租界景观和殖民地半殖民地景观。

牯牛岭的老者说，我们中国人也会上庐山建造别墅。我们自己建造别墅，就不会砍伐古树，乱炸山石、山体。

1929年，我国有些人在太乙峰南麓建造了一些别墅（太乙村）。他们既没有乱砍滥伐树木，也没有乱炸山石、破坏山体，而是将它们保护、利用起来，作为别墅的倚附和点缀。国人建造别墅的时候遵循倚势借景的原则，所以很多别墅或傍巨岩奇石，或背靠山崖。例如，有一处别墅旁有三棵柳杉，要在那儿建房，不砍树的话，会增加平整地基的难度，建房的成本也会增加很多，但房主宁可费时费力，也要保护好三棵柳杉；别墅建好后，便称之为“三柳巢”。又如，一处有两棵松树，在那儿建房，松树也妨碍施工，房主建房时也是先将两棵松树保护起来，别墅建好后，就称此别墅为“同松别墅”。

据统计，1936年庐山上已有上千栋别墅。就建筑面积来说，中国人自己建的，已超过洋人建的，建筑风格也更加多样化，既有巴洛克式、哥特式、英国券廊式等欧美风格，又有四合院式、中国园林式等亚洲风格，或者中西合璧式的建筑风格。房子虽然建得分散，但多在牯牛岭四周，而且不光建有别墅，还建有大礼堂、图书馆、会所等场所，使牯牛岭真正成了一个“万国建筑博物馆”。

后记

《游庐山记》定稿之后，我才得知江西省九江市的庐山区与星子县合并，成立庐山市，为县级市，省直辖，由江西省九江市代管。庐山市辖南康、牯岭等9镇，1乡，1场，1处，总面积913平方公里，总人口近28万。我听说，庐山的世界文化景观已全部纳入庐山市行政区划之中。这是一大幸事。

庐山市成立大会有一副对联：承党恩布大局鼓瑟齐鸣扬远帆，顺民意成一统山水含笑展新貌。“成一统山水”，可理解为：成一统庐山的文化景观。庐山的文化景观是整个庐山地区文化景观的有机统一体，少了东林寺不行，少了西林寺也不行。少了西林，怎样向人们交代《题西林壁》？游庐山不讲《题西林壁》，庐山的文化景观还是完整的吗？同样，少了莲花洞不行，少了康王谷也不行。少了康王谷，怎样向人们解读“桃花源里可耕田”？游庐山不讲康王谷、不提陶渊明的《桃花源记》，能识庐山文化景观的全貌吗？所以，我们一定要保护好、维护好庐山文化景观的有机统一体。

正如前言中所说，《游庐山记》成书，得到周骁总经理，雷殿福、肖恩芳教授，董寅初研究员，以及休养所、旅游公司的同志（如“庐山通”）的帮助，在此再次致谢！

2021年于北京万寿园